ちぎれ雲
柳橋ものがたり 2
JN230748
森 真沙子
時代小説
二見時代小説文庫

目次

第一話　花、薫る　7
第二話　この道、抜けられますか　80
第三話　誰かに似た人　104
第四話　ちぎれ雲　149
第五話　雛(ひな)のお宿　197
第六話　夜桜銀次(ぎんじ)　235

ちぎれ雲——柳橋ものがたり2

第一話　花、薫る

一

ギイ、ギイ……と櫓の音が、夜の大川を下っていく。

昼間は日差しが春めいて、梅の便りが聞かれもしたが、陽が翳るとたちまち冷たい冬に戻ってしまう。

磯次は、山谷堀で遊客を降ろしての帰りだった。

その河岸で一服しながら、吉原帰りを待ちたいところだが、こんな身を切るような風が吹く夜は、大抵の客は駕籠に乗って、陸路で帰ってしまう。

このまま船宿に戻れば、今夜は上がりだ。早く帰って一風呂浴び、熱燗にありつきたい。

そう思うそばから、舟を寄せて一口吸いつけられそうな岸を、目で探していた。急いだところで誰が待ってるわけでなし、気の向くまま、風の吹くまま……。

〝柳橋から　小舟で急ぎやんせ
　舟はゆらゆら棹しだい……〟

などと端唄を口ずさみつつ川辺に視線を向けていて、ふと目をこらした。闇に沈む葦の茂みに、何か白いものが動いたようだ。

磯次は舟を止め、闇を透かし見た。

「そこに誰かいるのか？」

と声をかけたが返事はない。

川辺の岸は真っ暗だが、たぶん花川戸辺りだろう。

聖天社沖を過ぎ、もう少し下れば吾妻橋だ。その向こうに、浅草の不夜城の賑わいがあるとも思えぬ暗さだった。

闇を照らすのは、この舟に積んだ足元灯の灯りだけ。そのおぼろな光の端を一瞬掠ったものを、女の白い足と見たのは気の迷いか……？

いや、と磯次は思う。

もうすぐ三十九になるが、その半分を船頭稼業で生きてきたのである。幽霊を見たことも無いではないが、あれは違う。

闇を透かし見る目には自信があった。何かカンのようなものも、働いていた。夜鷹（よたか）なら、こんな人けもない水辺にはいないだろう。

早春とは名ばかりの寒い夜更け、わざわざこんな場所にやって来るのは、川に命を捨てるつもりの自殺志願者しかいない。

「……わしは怪しいもんじゃねえ。見ての通りただの船頭だ、そこの堀まで客を運んでの帰りよ。お代はいらねえ、乗って行かんか」

暗闇に再び声をかけたが、チャプチャプと水の音がするだけだ。

「これから両国橋（りょうごくばし）手前の柳橋まで帰るんだがな、この辺は物騒（ぶっそう）だ。望みの河岸まで送るぞ」

少し待ったがやはり応答がない。

これ以上はいらざるお節介（せっかい）だろう、と思った。

「……妙な気だけは起こすなよ」

言って、磯次は櫓に手をかけた。

するとその時、水鳥が飛び立つような音がして、闇の中に人影が浮かび上がった。

震えるような女の細い声が続いた。

「待って、船頭さん……乗せてください」

礒次は闇に目を凝らした。いずれ花街の女だろう。

「よしきた、乗りねえ」

そう来なくちゃ……との思いに、声が弾んだ。礒次は大きく櫓を漕いで、ゆっくり舟を寄せて行った。

二

「ねえさん、綾ねえさん……」

遠くから、そんな声が聞こえていた。

どうやら、自分が呼ばれているらしい。

綾はそう気づいても、まるで重い扉のように瞼が重くて、目が開けられない。息つく暇もない昼間の疲れで、眠っていたというより、気絶していたようだった。

うーん、と身体を動かした時、遠くを通り過ぎて行く火の用心の拍子木の音が聞こえ、九つ（十二時）と知れた。

九つ！　こんな時間に起こされるなんて、ああ、いやだいやだ。夜ぐらいゆっくり寝かせてよ……。

船宿『篠屋』の内女中になって四か月。

ただ夢中で走り続けてきた日々だった。

女ひとり、そうでなければこの江戸では生きられない。神田川沿いのこの騒がしい船宿の、煮物の匂いがこもる厨房が、自分のすべてと思って生きるしかなかった。

といって絶海の孤島にいたわけではない。

ここには御用聞きや、配達人や、掛取りや、物売りが、毎日入れ替わりやって来る。一杯の茶でさまざまな四方山話を語っていくし、時には瓦版を置いてく客もいた。

おかげでお江戸に今、ひどく嫌な風が吹いているのが分かった。

昨慶応二年（一八六六）の夏、長州戦のさなかに公方様（家茂）が亡くなり、戦は終わったが、敗け戦のツケが江戸に回ってきた。

米の値段が十倍にまでハネ上がり、江戸庶民は〝おマンマ〟が食べられなくなった。

すると奇々怪々な騒動が、深川本所に盛り上がった。

「貧窮組」を名乗る人々が、幟旗を立てて商家や武家屋敷を襲うが、暴れず毀さず騒がず……。ひたすら土下座して、米や味噌をねだり倒す。

騒ぎは深川から御府内に広がって、金持ちを震え上がらせたが、なすすべもない幕府の無力さに、江戸の人びとは〝崩れゆく幕府〟の悪夢を見る思いだった。

しかしこのご時世、豪勢な船遊びで人気を博していた町。

それが柳橋である。

不況なんてどこ吹く風で、神田川の河口には、大小の船宿がひしめいて、川には猪牙舟（ちょきぶね）がぎっしり舳先（へさき）を並べている。両国橋にかけての町には、無数の料亭の甍（いらか）が陽に照り映え、幟や暖簾（のれん）が川風にはためいた。

花火、花見、観月、紅葉、雪見……と一年中遊びが尽きない。そのたびに芸妓（げいしゃ）を乗せた宴船（うたげぶね）が、隙もなく大川に浮かぶ。船上でも船宿でも芸妓と遊べる気楽さで、江戸一番の繁盛ぶりだった。

そして慶応三年（一八六七）は、まだ明けたばかり。

船宿『篠屋』は忙しいままに年が明け、松飾りが取れても、一向（いっこう）に客足は絶えなかった。楽しみな藪入り（やぶいり）ももらえず、奉公人の間には、不満の声がブツブツと洩れ始めている。

初めてここで新年を迎えた綾は、商売人の測りがたさが身に染みた。

だが肝（きも）に銘（めい）じていることが一つある。

奉公先を決めるに際し、この船宿は気が進まなかった綾は、〝もっと気の休まる店を〟と口入屋に頼み込んだ。すると店主の内田は、坊主頭をツルッと撫でて言った。

「気が休まる店は、給金も休まりますよ。このご時世、のろい（甘ったれた）こと言ってちゃ生きていけません」

綾はハッと背筋が凍りついた。

これといった技能も才覚も、後ろ盾もない二十八の中年増が、他にどんな見過ぎ世過ぎがあるだろう。

給金がそこそこ良く、身元調べも保証人もいらないこの『篠屋』は、自分にとって天職だ。ここしかない、ここでしゃにむに働いてみよう、とこの時心を決めたのだ。

「ねえさん、ちょっと……」

の声に、やっと少し頭に血が巡った。自分を〝綾ねえさん〟と親しく呼ぶのは、若い手代の千吉しかいない。

分かったという合図に、コホンと咳ばらいをすると、足音が忍びやかに厨房の方へ消えていく。

綾は起き上がって、猫が丸まっている足元の綿入れを引っ張った。猫は驚いて隣の布団に転がったから、思わずそちらを窺った。

若い仲居のお波は、泥のように寝込んだままだ。

そっと部屋を出て台所に入ると、煮物の匂いに混じって、たちこめる煙草の煙が鼻をおおった。この深夜、煤けた掛け行燈の薄暗い上がり框に、三人の男が腰掛けている。

驚くこともない。夜中に働く、時間知らずの男たちである。

手前で貧乏ゆすりしている痩身の若者が千吉、その隣で黙って煙草をくゆらせているがっしりした船頭が磯次。

向こう端にいるのが、船頭から〝番頭〟に出世したばかりの甚八だ。腰を痛めて櫓を漕げなくなり、算盤が出来るので番頭になった。だがその仕事は下足番だった。

「ふう……何のご用でしょう」

眠気が覚めやらぬまま声をかけると、千吉が慌てて立ち上がった。

「や、すまねえ、この夜中、色気もねえ話で叩き起こしちまって。いや、もう遅えから結論から言うよ。突然で悪いんだけどさ、頼みがある……。事情は訊かねえってことで、つまり、ぶっちゃけ、綾ねえさんの部屋に朝まで娘っこ一人、匿ってもらえねえかって話……」

「えっ、なにそれ？」

おそらく千吉の訳ありの女だろう。遊び相手を匿うために、この私が引き出されたってわけ？　綾は思わず肩をすくめた。

「どうして私……？」

綾の不機嫌に気づいた千吉は、すぐ恐縮したように声を潜めた。

「いや、知っての通り、ここは男所帯ばかりで、預かる所がねえんだ。薪(しん)さんは一人暮らしだけど、もう帰っちゃったし……親方の所にゃ、見習いの竜太(りゅうた)が居候(いそうろう)してるだろ。ウチはなんせ六畳一間に家族三人、折り重なってるんだ。おいらは他所(よそ)で寝たって構わねえが、おっ母が七つ（四時）に起きるんで、それまでは……」

「分かった分かった。お母さんをそっと寝かせといてあげて」

と綾は、まだ片目が開かないまま言った。

「でも私も起こさないで。よく眠らないと、明日動けないからね」

言いざま、くるりと背を向けた。

千吉の母親お孝(たか)は、年期の入った台所女中だった。

二十になる千吉と、八つ下の妹民江(たみえ)と共にここで働いていて、〝あのお孝の倅(せがれ)にしちゃ、目端(めはし)が効く子だ〟と評判がいい。

〝篠屋の手代〟は表向きで、もっぱら岡っ引亥之吉親分の下っ引をつとめ、一日の半分は外に出ている。船宿のような稼業では、こうした形で奉行所と繋がっておくのが得策だった。

「ま、待っておくれよ」

千吉はあわてて引き止める。

「冷てえな、ねえさん。最近やけにツンツンしてるじゃねえか。新米のころは、もちっと優しかったぜ」

「今も新米です。でも、薄情と言われようと、どこの誰とも知れないお嬢さんを、部屋に泊めるわけにはいかないよ。それに私のとこは、相部屋だから……」

「あ……、お波と一緒だっけ。あいつ、性格悪りィし口軽だからなあ」

「いや、千吉、綾さんの勝ちだ」

ポンと煙管をはたく音がして、磯次の塩辛声がした。その口調に、みじんも皮肉はない。

だが綾は驚いて、千吉から磯次へと視線を走らせた。磯次は当直で此処にいるのかと思ったのに、どうもそうではなさそうだ。

「あの、何かあったんですか」

「いや……」

磯次は渋く笑い、早く寝め（やす）というように手を振った。

もう眠気はどこかへ飛んでいたが、他人（ひと）ごとに首をつっ込むよりさっさと寝た方がましだろう。

「じゃ、お言葉に甘えさせて頂いて……」

と一礼し、背中に意味ありげな三人の視線を浴びつつ、台所を出た。

三

だが二、三歩進んだとたん、暗い廊下で足が止まった。

背後の台所がざわめき、突然騒がしい声が聞こえたのだ。

「どうした、どこか痛むか……」

「千吉、水だ」

「しっかしろ……」

綾は慌てて引き返した。襖（ふすま）を開いて再び厨房に入って、エッと目を見開いた。

薄暗い土間の、まだ温もりの残る竈（かまど）のそばに、女が抱（かか）え起こされて座り、襟（えり）をかき合わせている。

先ほどは見えなかったが、土間に茣蓙を敷いて踞っていたらしく、暖まりながら、濡れた着物の裾を乾かしていたようだ。

綾は思わず声を掛けた。

「千さん、一体何があったか教えてちょうだい……」

皆の視線は綾から千吉に集まったが、口を開いたのはその女だ。

「すいません、あたし小夜と申します。でも、あの、ちょっと目眩がしただけですからご心配いりません……。千吉さん、あたし、この近くに心当たりを思い出したんで、そちらへ参ります、これ以上はどうか……」

女が何度もこちらに頭を下げ、しどろもどろで言っている。その声は半泣きで、怯えたように震えている。暗くて顔はよくは見えない。

二十歳を少し超えたくらいだろうか。帯や襟元は乱れているが、地味で小粋な身なりから、どこぞの料亭の女中かと見当をつける。

「一体、どうしたっていうの?」

「なに、今しがた、この別嬪を花川戸辺りで見かけたんだ。このくそ寒い夜中に、まさか夜歩きでもなかろうってんで、ちと強引に猪牙に乗ってもらったんさ」

と磯次がやや韜晦気味に言った。

「まあ、生きてりゃ誰だって深けェ事情もあろうよ。こっちもいろいろ訊きてェこともあるんだが、本人が喋らねえ以上、無理には訊けねえよ」

「………」

綾は話を聞きながら、女のそばにしゃがみ込み、その手をとって脈を診ていた。次に額に手を当てる。それから手早く女の帯を解いて紐だけにし、上がり框に寝そべらせて腹診し、さらに足首を診た。

「熱はないし、冷えて疲れただけと思います」

綾はテキパキと言った。

「千さん、お湯があったら、そこの生姜湯を溶いて呑ませてあげて。少し落ち着いたら、おかゆを少々ね。甚さん、すみませんが掻巻を掛けてあげて……」

固唾を呑んで見ていた二人は、すぐに立ち上がる。綾は自分の懐にあった温石を取り出し、女の腹に当てがった。

「あ、そうそう」

やはり呆気にとられていた磯次が、思い出したように言った。

「このお小夜さんは、両国の『青葉楼』の女衆だが、今夜は帰れねえ事情があるそうだ」

「えっ、あの料亭の？」

女の冷えた足をさすっていた綾は、声を上げた。

青葉楼は、大川の絶景を独り占めするように両国橋近くに建つ、高級料亭だった。幕府の高官や藩邸に滞在中の大名が、好んで訪れるので有名だった。

どうやら磯次は、下心あって女を連れ回していると誤解されるのを恐れ、下ッ引の千吉に話を通したらしい。自分が連れて来たのだから、自分の部屋に泊め、自分と居候の竜太は船頭部屋に移って寝る、と主張したところ、千吉の猛反対に遭った。

「親方、そいつはダメだ……」

と千吉が即座に言った。

「当直以外のもんが船頭部屋にゴロゴロしてただけで、怒鳴られたことがあるんだ。ましてこんな別嬪さんが寝てりゃ、おかみさんが何て言うか。オカミにオを一つ足しゃ、オオカミになるって、親方が言ったんじゃねえかよ」

「ああ、それで私を起こすことになったたってわけ」

と綾が言った。

「そう、分かった。今夜は私の床で眠ってもらいましょう」

とたんに、顔を横に向けて頑なに口を閉ざしていたお小夜が、急に起きあがり、声をあげて泣きだしたのだ。

「ありがとうございます、でももう良いんです。近くに知り合いが……」

「良かァねえさ。ここまで来てそりゃねえよ」

千吉が口を尖らせて言いたてた。

「大体、この時間、あんたみてえ人が川っぺりを歩いてりゃ、どうなると思う。おいらこれでも、亥之吉親分の下ッ引だ。悪いようにはしねえから、事情を聞かせてもらえねえかい」

「……あたしは今まで、逃げてばかりの人生でした」

とお小夜は少し泣いてから座り直し、言った。

「瓦職人の娘に生まれましたが、二十歳で『青葉楼』に上がって、三年めでございます。ええ女中としてで、芸妓ではありません」

と泣いたあとのしっとりした声で話し始める。

綾も自然にそのそばに座って、聞くことになった。

楚々とした美貌の持ち主だが、芸妓への道を辿らなかった。

その代わり、気がよく回り惜しみなく働くので、早いうちから要人付きの座敷女中として、重宝（ちょうほう）されたという。

この日、昼間は風もない晴天で、早春の温もりが感じられたが、夕方から一段と冷え込んだ。そんな時刻、さる奥州（おうしゅう）と西国（さいごく）の大名、それに薩摩（さつま）の要人が顔を合わせる、秘密の会合があった。

『青葉楼』はこうした酒席に使われることが多いため、情報が外部に漏れないように、細心の注意を払っている。

この日も客がそれぞれ、舟や駕籠のお忍びで座敷に上がり、奥の離れの間で顔を合わせる段取りだった。

食膳を殿様方の前まで運ぶ座敷女中は一人だけで、密談の最中には、座敷の外で見張りをする。その光栄な役が、去年あたりからお小夜に回ってくるようになった。

こうした会合は気が張るが、高額の心付けが期待できるし、女中の格も上がって誇らしい。今日も粗漏（そろう）なく大任を果たし、ほっとしていたのだ。

会合が終わり、後片づけをすませたのは、五つ（八時）より少し手前だったと思う。このあとに別のお座敷があったから、控えの間で身繕（みづくろ）いし直そうと、お小夜は暗い裏庭を貫く渡り廊下を急ぎ足で抜けていた。

ふと背後に人の気配を感じたのは、角を曲がろうとした時だった。

何者かが背後に現れ、後をつけてくる……そんな直感に背筋が冷え、振り返らずに、飛び込むように角を曲がった。

するとその渡り廊下のまっ暗な袂に、誰かがいた。暗い中でも頭から何かで顔を隠しており、誰だか分からないが、

「早くお逃げ、殺される！」

押し殺した女の声が耳元で囁き、お小夜は思い切り突き飛ばされていた。灌木の茂みに倒れかかったが、夢中でその茂みをかき分け、向こう側の斜面に転がった。

その時、近くまで駆け寄って来る足音がして、お小夜は慌てて灌木の根元に丸まってじっと息を潜めた。足音はどうやら二人で、近くでその足が止まった。

「川に落ちたか……」

圧し殺した囁きが断片的に聞こえ、龕灯の灯りが頭上をグルリと回った。灯りは暗い水面を掠め、やがて足音は二つに別れて遠退いていく。お小夜は川に沿い、上流に向かって這うように進んだ。

何が起こっているのか、なぜ逃げなければならぬのか、分からない。何も分からぬまま恐怖に駆られていた。

いや、心の底では分かっており、いつかこうなると覚悟していたふしがある。背後に人影を感じた時、瞬間的に思った。

「ああ、やっぱりあたしはあの男から逃げきれないんだ。いつか捕まって殺されるんだわ」

実はお小夜は、青葉楼に来る前、十六で根津の旗本屋敷に嫁いだのである。相手は当時五十半ばの、陰気でカビ臭い御文庫係だった。

先祖には書物奉行を何人か輩出した名家で、代々の家作もあり、暮らし向きは裕福だった。

先妻はとうに病没し、お小夜を正妻にと望まれた時、屋根から落ちて怪我をし、失職していた父親が大いに喜んだ。

この輿入れで多額の支度金が入り、借金まみれの家がひと息ついたのである。だがお小夜には、この夫との新婚生活は、怖気をふるうほどおぞましかった。夜ごと泣いてばかりいた。

我慢出来ずに、実家に逃げ帰ったこともある。

そのたびに迎えがやって来て、連れ戻された。母親は心労から二年たたずに病没し、後を追うように父も逝った。弟たちが親戚に預けられたのを確かめて、お小夜は婚家を逃げたのだ。

初めは小体(こてい)な小料理屋に潜り込んでいたが、そこで運良く、飲みに来ていた青葉楼の番頭の目に留まった。甲斐甲斐しく立ち働く清楚な姿が、気に入ったのだろう。まさか旗本の奥方とも気づかれず、青葉楼の女中にならないか、と後日誘われたのである。

お小夜はそちらに店を替えた。

見つかったら今度こそお手討ちだろうが、女中稼業は肌に合い順調にこなした。実は嫁いでから琴(こと)と三味線(しゃみせん)も習っていたが、芸妓として人前に出るのが怖くて、ひた隠しに隠してきたのだ。

この夜はこれから、ともかく逃げられる所まで逃げようと思った。

履いていた庭下駄(げた)を捨てて、途中で裸足(はだし)になった。石ころや枝が刺さって血が流れ、歩けなくなった辺りで、再び追っ手らしい足音が聞こえた。そのままずるずると水際まで下り、息を潜めてやり過ごした。

せっかく青葉楼で、一人立ち出来るところまできたのに、またどこかへ逃げなくてはならない。もうどこにも行かず、いっそこのまま川に入ってしまおうか……。

そう考えて情けなく、しゃがみ込んで泣いていたところに、磯次の舟が通りかかったのだという。

話が終わると、じっと聴いていた千吉が身を乗り出した。

「その突き飛ばして助けてくれた女って、誰だったの」

「ああ、それがよく分からなくて……。真っ暗だったし、一瞬のことだったんです」

と、お小夜は首を傾げる。

「屋敷にいた芸妓衆か、店の女衆か」

「それもよく分かりません」

「場所はどの辺り？」

「裏の、控えの間の近く……」

控えの間は引き込みの河岸に面していて、舟が着いたらすぐ飛び出せる所にあるという。その入り口の辺りに梅が咲いていて……。

「ああ、そばの茂みで沈丁花（じんちょうげ）も咲いていたようだけど」

お小夜は思い出すように語尾を濁し、それきり黙った。

話が一段落すると、千吉も綾もさすがに草臥（くたび）れていて、言葉少なだった。

「よし、今夜はここまでにしよう。あとは明日だ。うかうかしてると夜が明けちまうぞ」

と磯次が煙管を叩いて立ち上がった。

「綾さん、騒がせたな。お小夜さんは、おれに任せてくれ。今更だが、安心して預けられる所を思い出したんだ」

四

綾は部屋に戻って掻巻に潜り込んだが、目が冴えて眠れなかった。お小夜の話が脳裏に焼きついている。

自分にも、逃げた記憶があったのだ。……というより綾のこれまでも、逃げてばかりの人生だったのだ。

遠い昔、あれはたぶん、三つか四つのころだろう。誰かに手を引かれたり、抱かれたり負ぶわれたりして、どこかを懸命に歩いたっけ。

追われて逃げたのではなく、何かのために必死で進んでいたのかもしれない。最後は船だったように思う。

どこかの船着き場の灯りが近づいて来た時の、飛び立つような嬉(うれ)しさ、もどかしさ。周りから、励ますように何度も言い聞かされた言葉が、今も耳に残っていた。

「そこへ行けば、お父様に会える……」

その後〝お父様〟に会ったのだが、幸せな記憶はどこかに溶(と)けてしまった。ただ遠い日の切ない記憶が、あのお小夜に重なっていく。

母は自分が看取ったし、行方の分からぬ父もたぶん他界しただろう。そんな綾には、似たような境遇の中で、ただ懸命に生きてきたというお小夜の半生が、他人(ひと)ごととは思えなかった。

といって今の自分は時間も、お金もなく、今を生きるだけで、精一杯の毎日である。そんなことを考えるほどに、果てしなく頭が冴えていくのだった。

明け方まどろんだだけで、起床の時間がきた。

きっぱりと寝床を離れて家の中を掃除し、繁雑な雑事に向き合った。昼からは、調理人の薪三郎(しんざぶろう)から回されたお品書きと睨めっこだ。

上がり框(かまち)に各種の皿を並べ、組み合わせをお孝と共に選ぶのである。

今日も小人数の宴会が何組か入っていて、厨房はピリピリしていた。

だが千吉は起きて来てすぐ湯漬けをかき込み、何処かへ出かけて行ったらしい。

「綾さーん、ちょっと来ておくれ」

おかみのキンキン声が飛んできたのは、そんな時である。

「はーい、ただ今」

と綾は応え、すぐに表玄関に飛んで行った。

そこには高髷の島田に結った初々しい芸妓と、潰し島田で紋付姿のおかみらしい老女がにこやかに立って、口上を述べている。

「この奥の『竹屋』でございます……」

芸妓のお披露目だった。『竹屋』とは同朋町の芸妓置屋だが、綾はまだよく知らない。

「お巻さんていうの。まあ、見違えるように綺麗になって。しっかりおやんなさいな」

と目を細めるようにして、お簾が言った。

「まあ、おめでとうございます」

綾も頭を下げてお祝いを言う。

化粧で真っ白なぎこちない能面顔を見るにつけ、〝まあ可愛い〟と思うその一方で、

〝ご苦労さんなこと〟と胸で呟(つぶや)かずにはいられない。これからの芸妓人生は、平坦ではないだろう。

その時、背後から濃厚な香料が漂ってきた。ハッと振り返ると、いつの間にやら『花之井(はなのい)』のおかみお蔦(つた)が立っている。

裏口から入って来たが、いつもながら忍びやかな身のこなしだ。

「あらま、可愛い妓(こ)だこと。え、お巻さんて……？　ふーん、しっくりしていいお名だけど、何だかねえ、〝花巻(はなまき)〟とか〝花奴(はなやっこ)〟なんて呼びたい風情(ふぜい)だねえ」

などとお蔦は、お簾と頷き合いながら愛想を振りまいている。

柳橋では、芸妓は派手な源氏名を用いず、化粧は薄く、お香や匂い袋もごく淡いものを使う……という決まりがあった。

慎ましさと、シロウトっぽさが芸妓の誇りであり、殿方の心をも摑むのだと、ここでは信じられている。だがお簾の化粧は濃く、お蔦のお香は香り高い。決まりは一通りではなく、さまざまなのだろう。

綾はお茶を淹(い)れるために下がったが、頭の中では、何かしらが、ぼんやりうねっていた。

厨房には小間物屋が来ていて、若いお波と民江が、そばでしきりに簪(かんざし)を選んでいる。少し離れて、いつの間にやら外回りから帰ってきた千吉が、放心したように水を飲んでいた。

綾は軽く会釈し、手早く茶の用意をすると、茶碗の載った盆を手に厨房を出た。

「ふーん、行方不明だって……」
「でも死んだわけじゃ……」

とボソボソと話す言葉尻が耳に引っかかった。どうやら例のお小夜の件を話しているのでは。綾は襖の陰に佇(たたず)んだ。

お披露目(ひろめ)の二人はすでに帰ったあとで、お蔦とお簾は長火鉢を挟んで、何やら話し込んでいる。

もう『花之井』まで伝わってるのかと、綾は驚いていた。話の前後から推(お)して、『花之井』の女中が『青葉楼』の女中お小夜と、書塾か何かの習いごとが一緒らしい。だが今朝お稽古に行くと、お小夜が来ていなかったので、帰りに青葉楼に寄ってみると、昨日実家に帰ったと言われたのだとか。

「……でも、お小夜に実家はないんだって」

火鉢の炭を搔き熾(おこ)しながらお蔦は喋っており、聞いているお簾は、どうやら手を動かしているらしく、帳面をめくる音がする。

「お茶でございます」

断わってさりげなく座敷ににじり入ると、話し声はピタリと止んだ。

先にお蔦の前に茶椀を出すと、着物に焚き染めた香が、また鼻先に漂ってきた。その時、ふと閃いた事がある。

柳橋芸妓は香りはあまり濃くないというが、この大古のおかみが、こんな強い香りを放っているのだ。決まりといってもはっきりした書付があるわけでなし、個人差があるのだろうと。

「ああ、綾さん」

とお簾は帳面から目を離さず、手を伸ばして茶を一口啜りあげながら、言った。

「昨夜遅くなってから、あの閻魔堂のセンセが来たようだねえ」

「えっ、あの易者さんが？　遅くなってからでございましょう」

「ああ……九つには、あんたはもう寝てたわけだ」

お簾は宿帳から目を離さずに呟く。

閻魔堂大膳とは、この界隈ではよく知られた易者である。両国橋で営業する日は、帰りは篠屋に寄って飲み、舟で帰るお得意さんだが、どこか胡散臭いため、お簾の評価はあまり良くなかった。

「磯次が送ったようだけど、九つは上がってる時間じゃないか。それとも何かあったかえ」

「さあ、特に……」

ドキッとして曖昧に答えた。

磯次が時間外に舟を使ったことを、お簾は帳面を見て知り、何かあったかと気づいたのである。理屈に長けた人ではいないが、何かしら動物的な直感が働くらしい。

「いえね、おねえさん」

と怪訝そうな顔のお蔦に、お簾は説明した。

「夜中、番所に引っかからずに逃げられるのは、舟だけじゃない？　だからもしかして、猪牙を使ったかと思ったんだけど……」

そうか、昨夜のあのあと、磯次は遅い客の閻魔堂を舟で送った。その時、お小夜も一緒だった……とやっと分かった。

綾はさりげなく退出すると、厨房に駆け込んだ。だがもう千吉の姿はなく、調理人の薪三郎とお孝が、忙しげに調理台に向かっていた。

「……千さんは？」

「千の奴ときたら、朝っぱらからどこかに飛んでってねえ。さっき帰って来たんで取っ捕まえて、蔵の整理を頼んだんだよ」

お孝が手を動かしたまま、背後も見ずに答える。

綾は盆を置くと、急いで奥に向かった。吹きさらしの裏庭を襟をかき合わせながら走り抜け、開いていた扉を覗き込む。

奥は掛け行燈の灯りで、ぼんやり明るい。

「千さん、今、ちょっといい？」

ちょうど奥から箱を運んで来た千吉に、声をかける。

「ああ、寒いから中へ入ェったら。おいらも話がある」

カビくさい中に踏み込むと、綾はすぐ切り出した。

「昨夜、あの昌平橋（しょうへいばし）の易者さんが来たでしょう」

「うん、閻魔堂ね、どうして分かった？」

「帳面に付けてあったの。いえ、見たのは私じゃなくおかみさん。磯さんが送った理由を訊かれたわ」

「さすが回転早ェな、おかみさんは」

「お小夜さんは、そこに預けられたのね」

「ま、そういうこと。あの易者の先生、何でもどこぞの商家に招かれ、夜中まで占い三昧（ざんまい）だった……てえ話だが。えらくご酩酊（めいてい）だったよ、ホントは何してる人か分かんねえが、親方と仲がいいんだ」

　閻魔堂は昌平橋で、〝占い道場〟と呼ばれる易学の塾を開いているという。若い女弟子をいつも二、三人、預かっているそうで、それが〝女衒（ぜげん）だ〟などと言われる悪評の根源だった。

「おっと、次はおいらの話だ」

　千吉がふと頬を引き締め、眉を上げた。

「おいら、朝から家を出て、根津までひとっ走りしてきたんだ。お小夜の亭主って、棚橋作之進（たなはしさくのしん）ってェお旗本だけどね、もうこの世の人じゃねえぞ」

「へえ？」

「去年亡くなったらしいが、お小夜は知らなかったんだ。棚橋家は、ご養子が跡を継っいでるみてえだぜ」

「ってことはつまり……」

「そう、お小夜を狙ったのは、別のスジじゃねえかと思う」

「でも誰が……」

「それはこれからだ。おいらこれから八丁堀（はっちょうぼり）まで行くから、帰りに昌平橋まで回って、お小夜に会ってくる」

「ああ、お小夜さんに会ったら、ちょっと訊いてもらいたい事があるんだけど」

と綾はそのことを伝えて、早々に蔵を引き上げた。そこは風邪を引きそうに冷え冷えしていた。

五

お簾から買い物を頼まれていたのを理由に、八つ（二時）過ぎ、綾は篠屋の番傘を手に勝手口を出た。

陽は射しているのに、嫌な黒雲が広がっている。

裏に抜ける小路（こうじ）は、一年中陽が射さず、地上の冷気を溜めているので、日陰小路と呼ばれる。綾はこの小路を通らず、陽の当たる前庭に回って、玄関横の沈丁花を覗き込んだ。

蕾（つぼみ）は膨らんでいるが、まだ咲くには間がありそうだ。

青葉楼の沈丁花は、本当に咲いていたのだろうか。川べりで日当たりが良く、川面（かわも）

に当たる陽を反射させたとしても、まだ早過ぎる。

綾はそこに佇んでしばしそんな思案を巡らせてから、表通りに出た。いったん表に出ると、小走りになる。急がなくちゃ、早く帰らなくちゃの思いにせき立てられるのだ。

薬研堀(やげんぼり)の行きつけの薬種問屋『近江屋(おうみや)』で、お簾に頼まれた頭痛薬を買い、その先にある間口(まぐち)の狭いお香の店を覗いた。

入るのは初めてで気後れしたが、思い切って暖簾(のれん)を割る。甘い香りがふわりと鼻を覆った。

狭い店内の両側の棚に、香炉や香匙などの道具が展示され、突き当たりの上がり框に並んだ木箱に、線香や香木をくるんだ綺麗な和紙の匂い袋が、ぎっしり詰め込まれている。

一つずつ手に取って香りを吸ったり吐いたりするうち、奥から品のいい老女が出て来た。

「いらっしゃい、何かお探しですか」

とにこやかに問われて、綾は思わず頷いた。

「ええ、春らしく、沈丁花のような香りのするお香をと頼まれて……」

「ああ、あの甘い香りですね、早春……て感じの。じゃ、これなんかいいんじゃないかしら。今の方は焚き染めるより、匂い袋がほとんどですから」

とお試し用の紫の和紙に包まれた匂い袋を取り出した。

「これ、沈香という香木の落ち着いた香りに、甘さが少し混じって軽いから、お若い芸妓さんに人気がありますよ。沈丁花の花と同じ香りが……」

と老女はクドクドと蘊蓄を語り始める。

だが綾には、ゆっくり聞いている時間がなかった。

「いい物を教えて頂きました。じゃ、この匂い袋にしましょう。ちなみにお訊きするけど、これを好んで買う芸妓さんて、どんなお方がいるんでしょう？ 私、柳橋なんで、興味があるんです」

「あら、そうですか、そうねえ」

と老女は綾に視線を向け、一瞬で女中の立場を見抜いたようだ。

「知っていなさるかどうか、ほれ、そこの内田屋さんのお愛さん……」

「口入屋の？」

「そうそう、あそこのお嬢さん、あたしゃお小さいころから知ってますよ。賢くて器量好しって評判だったけど、いつの間にか芸妓さんになんなすって」

あのお愛さんが？ 綾は目の前がパッと広がるような気がした。

じつは昨夜遅く帰った千吉が、あの夜に呼ばれた芸妓の名を、お小夜から聞き出して来た。その中に、お愛の名があったのである。

話したことはないが、時々篠屋に呼ばれて来るから、顔は見知っている。愛くるしく、チャキチャキの江戸っ子芸妓だった。

「今夜は呼んで頂きましてありがとうございます」

勝手口から入って来て、帳場にそう挨拶し、廊下を抜けて階段を駆け上がって行く。そんな時、いつも一陣の甘い桃色の風が吹き抜けるように感じるのだった。

気取らず、自身のことはあけすけに笑って喋るので、どんな苦労話もしょぼくれては聞こえない。

話では、あの内田は義父で、幼いころ迷い子になって拾われたという。

その逸話は、まだ新米の綾の耳にさえも届いた。五、六歳のころ、親に手を引かれ両国の花火を見に来て、人混みの中ではぐれたのだと。泣きながら探し回るお愛の手を、しっかり握ってくれたのがあの内田だった……と。

今では五本の指に入る売れっ子で、『青葉楼』にもよく呼ばれるらしい。

「ええ、あのお愛さんは、去年あたりから柳橋一とか二とか売れなすって……」

と気が遠くなりそう老女の話を途中で遮(さえぎ)って、その安い小さな匂い袋を買い、そそくさと店を出た。

何しろ時間がない。綾はまた小走りで、矢之倉(やのくら)に向かった。

大川の方に少し歩けば、左手にある懐かしい店である。顔だけ覗き入れると、上がり框に設けられた帳場格子の中に、内田は座っていた。

「や、綾さん、どうしなすった。さ、ズイッとお入んなせえよ」

と満面の笑みで手招きしたが、飛び出す言葉は辛口(からくち)だ。

「ただし、また別の所を探してくれってんじゃねえでしょうな」

「いえ、違います」

綾は笑って、最近の繁盛ぶりを少しばかり愚痴(ぐち)ってみせた。

「おや、それだけ流行(はや)ってて、罰当たりなことを。この内田屋なんぞ、いつ潰れるか分からんのに」

「この内田屋さんが潰れたら、お江戸も終わりでしょ」

もうそんな軽口言うほど、綾はこの内田に親しんでいる。

「今日はね、お愛さんに用があって伺ったんですから」

「おや、お愛に？」

と内田は頭をツルリと撫でて言った。

「あたしにご用かと思ったんだが、ははは、いや、冗談……。今日はもう出かけて、帰りは遅くなりますよ、お急ぎで？」

「すぐとは申しませんけど、実は急ぎ伺いたいことがあるんです。お手間は取らせません。ご都合のいい時をご指定くだされば、出直して参りますから」

「ふむ、そういうことなら綾さん、明日の今ごろ来なすったら？　たぶん明日は、確か……」

と引き出しから帳面を出して確かめ、頷いた。

「うん、明日は休みです、お稽古は昼前に出かけるはずだし。いや、もし都合が悪ければ、あたしから連絡しますでな」

帰りは予想通り、雨になった。だが秋の雨と違って、早春の雨はどこかぬくもりがあって心浮きたつところがある。

濡れて蜘蛛(くも)の子のように散って行く通行人の中を、綾は微(かす)かな優越を覚え、傘に当たる雨の柔らかい音を聴きながら歩いて帰った。

裏小路から入り、勝手口で傘をすぼめ、雑巾(ぞうきん)で足を拭(ぬぐ)っていると、トントントン……と裏階段を降りて来る足音がした。

「ねえお孝さん、閻魔堂が、昨夜遅く来たんだってね」

と言う声はお波である。

「おや、あんた手相でも見てもらう気かい」

せっせと洗い物をしているらしいお孝は、手も止めないふうだ。

「新年早々、こんなに働き詰めだなんて。先生に運勢占ってもらって、将来を考えたいの……」

「そりゃまた結構なこって。でも卦ばかり良く出たって、心掛けが悪けりゃどうもなんないさ」

「へっ、運勢は天から降ってくるもんでしょ。心掛けなんか関係ない」

「あんた、運勢良くするのは、あの易者じゃないよ。おかみさんの人使いの荒さを……」

言いかけて、ふと声が止まった。

帳場から通じる板の間に、ミシミシと足音がしたのだ。まだ勝手口に佇んでいた綾は、振り返り、板の間に出て行くお簾の太めの姿を見た。

「ああ、言っとくけどね、お波、お客様だから悪口は言えないけど、あの易者はモグりだよ」

突然、歯切れのいい癇（かん）の立った声が襲った。

お孝はチラと綾に目を走らせ、痩せた肩をすくめた。

「あれま、おかみさん、お出かけですか」

「なに言ってんだい、これから稼ぎ時じゃないか」

お簾はにべもなく言う。

だが化粧がいつもより濃いように、綾にも見える。

白い濃い化粧の下に、四十まであと二つ三つの、ややくたびれた顔を入念に隠している。たまに笑うと切れ長な目と、大きな裂けめのような横長な唇が、表情豊かによく動いた。

「あ……綾さんは？」

「はい、薬研堀でお薬を買って帰りました」

と綾が包みを見せつつ、前に出て行く。

「ああ、良かった。今日は朝から何だかヒエヒエ、ゾクゾクして、頭が痛くて仕方なかったの」

お簾は受け取って、懐に押し込んだ。

六

「ところで綾さん……」

　とお簾は切れ長な目を上げ、

「あたし、そこの花沢屋まで行ってくるから、帳場を見てておくれな。甚八じゃ、お客様が捌けないからさ」

　花沢屋は、芸者の調整をする見番である。

「さっきまた、高見沢様がお見えでねえ。芸妓の顔触れが気に入らないって、上からお小言だったらしいのさ」

　綾は、クスッと腹の中で笑う。

　お簾の化粧が濃くなる日は、お武家様のお客が来る日と感じていたが、それが証明されたのだ。

　高見沢は上州藩の新顔の御用人だが、先日、御留守居役を囲む宴会の依頼に来て、今日はその最終の打ち合わせの日だったらしい。

　ところがその芸妓の顔ぶれが、上役に気に入られず、

「何を考えておるんだ。お目当ての芸妓も呼ばずに、宴会なんぞ開く意味があると思うか」

と面罵(めんば)され、真っ青になって飛んで来たのだ。

「まあまあ、そうでございましたか。で、お目当ては誰のことです？」

「お風(ふう)という、小唄の上手(うま)い芸妓がおるのか」

お簾は頷いて、手三味線(てじゃみせん)で、ことさらに甘い声で口ずさんでみせる。

「梅は咲いたか〜、桜はまだかいな、チントンシャン……」

高見沢は強張った顔を笑み崩し、手を叩いて言った。

「それだよ、それそれ……」

「心得ましてございます。きっと御心に添うように致しますから、御心配めされずに」

ということで、おかみは、これから見番に掛け合いに行くと言う。

お簾が出て行って間もなく、表玄関に人の気配を感じた。

お客様かなと思って出てみると、誰もいなかった。念のため綾は、庭下駄を履いて外に出て見た。雨はすでに上がって、雲の切れ間から柔らかい青空が覗いているが、雲はなお密集していた。

ちょうど船着場に舟が着いたようで通りに出てみると、船頭の弥助(やすけ)である。雨に濡れなかった？　などと二、三の労(ねぎら)いの声をかけ戻りかけた時、開け放した篠屋の表玄関を覗き込んでいる男に気づいた。

「あ、いらっしゃいまし。舟はすぐにご用意出来ますよ」

急いで走り寄って声をかけた。

「いや……」

と男は被(かぶ)っていた笠も上げずに言い、急いで立ち去ったのである。

笠の下の顔は見えなかったが、大小を差しており、浪人ふうだったように思う。

もしかしたらお小夜の追っ手が、もうここに迫ったのか、いやまさか……と胸を冷やして帳場に戻った。

お小夜は、真っ暗な河岸で磯次に拾われたのである。舟で篠屋に直行し、真夜中にここを出たのだから、どう考えても、誰かに見られるはずはない。

翌日も朝から雨だった。

綾は、午後に外出する口実にしばし悩んだ。

外出するための最良策は、富五郎(とみごろう)の名前を出すことだ。

富五郎とはお簾の夫で、篠屋の主人だが、あまり家に帰って来ないのが悩みの種である。

呑みすぎで体調が悪く、掛かりつけの診療所に毎月行くことになっているが、行った試しはない。結局、誰かが処方薬を取りに行くことになり、大抵それが綾に回ってくるのだ。

「旦那様のお薬がそろそろ切れますので、取りに行って参ります」

と帳場に申し出て、一時の自由を手にした綾は、八つ（二時）過ぎ、大急ぎで外に出た。雨がそぼ降り、遠雷（えんらい）が聞こえている。

まず米沢町（よねざわちょう）の診療所まで行って薬の処方を頼み、あとで取りに来ると言い残して、小走りに矢之倉に向かった。

矢之倉の町に入ると、大川の独特の匂いがした。神田川の匂いをいつも鼻先に感じている綾は、どこが違うのかなと思う。

戸を開き、傘をすぼめながら店を覗くと、内田が留守の帳場格子の中にお愛が座っていて、何かの冊子を拡げていた。

内田から聞いていたのだろう。傘の音に顔を上て綾を見ると、すっぴんに近い逆三角形の顔を笑み崩して、立ち上がって来た。

いつもと違って、紺縞の質素な目専（銘仙）を、踊りで鍛えたしなやかな身体にまとい、帯を緩めに締め島田には髪飾りもつけていない。

「雨の中をようこそおいでなすって」

と上がり框に、小座布団と手炙りを勧めてくれる。

「お父っつあん、掛け取りに出てったんですよ。今日は雨で、お店は暇だからって。ちょうど都合が良かったんです」

たぶん内田が、気を利かして出てくれたのだろう。

「すみません、すぐに失礼しますから」

と綾はせっかくの座布団に腰を下ろし、昨日買った沈香のお試し袋を取り出した。

「突然、勝手なことを申し上げるようだけど、もしかしてお愛さん、このお香を使っていなさいます？」

お愛はそれを鼻先に持っていって、大きく頷いた。

「これ、沈香ですね。ええ、いつも使ってるものだけど、それが何か……？」

と驚いたように目を見開き、興味津々らしく問いかけてきた。美しいが定型の美人ではなく、目を見張ると、右眼と左目の大きさが微妙に違っている。

「実は私、人探しをしておりまして。その一つの手がかりが、沈香のお香を使っているお方、ってことなんです」

とあのお香の店で、お愛の名を知ったいきさつを話した。

「まあ、それはそれは」

「ここだけの話になりますが、昨日『青葉楼』から女中が一人消えたって話、ご存知でしょうか？」

「えっ……その人、亡くなったんですか？」

「あ、いえ、誰かに狙われて危なかったところを、誰か……女性のようですが、その方の機転で逃げられたんです。どうやら助けてくれたその方が、この香りを身につけていたようなんで……」

それはまだお小夜に確かめていないが、推理が外れても構わない。お愛から話を聞き出すきっかけになればいいと思った。

「まあ、そんな話、あたし知りません。だから残念ながら、人助けもしてませんけど……」

お愛は驚きを呑み込んで、綾をじっと見つめた。

「でもその日は、青葉楼のお座敷におりました。良かったら詳しく話してくれませんか？　もしかして、少しぐらいお役に立てるかもしれないから」

綾は頷き、頭を下げた。お愛を信じていいと思った。

これまで何度となく篠屋に呼ばれて来ているが、あの口うるさいお簾が、陰口を言うのを聞いたことがない。それどころか、お愛は苦労して育った子だよ、といつもほめているのだった。

七

お小夜から聞いた事情を、綾は少し端折って語った。

お愛は、どこか遠い所を見る目つきで聴いていた。

聴き終えてもすぐには何も言わず、激しくなってきた雨の音に耳を傾けるふうだった。雷が鳴り、連子窓の外に稲妻が走った。

「まあ、そんなことがあったなんて、怖いですねえ。あの夜、あたしが上がったのはそのお座敷じゃなく、日本橋の旦那衆の宴会でしたけど……。でも青葉楼のお小夜さんて方、存じてますよ。お座敷付き合いだから、特に親しくはないんだけど。で、今そのお小夜さん……無事なんですね？」

「ええ。でも、なぜ、誰に狙われたか分からないので、外に出られないんです。だから、あの時助けてくれた方を見つけ、何か事情をご存知なら、伺いたいと思って……」

お小夜は千吉から夫作之進の死を聞いて、急に恐怖が増したらしく、もう怖くて青葉楼には帰れません、と言い出したらしい。

「……お小夜さんは、何も知らなかったんですね」

「何もって？」

「あそこの〝お付きの女中〟には、昔から伝説めいた話があるんですよ」

襟を掻き合せながら静かに言ったお愛の顔は、いつも白く塗り潰している化粧がないため、生（なま）の顔が浮きあがってくるようだ。

「え、伝説って？」

「伝説とはちょっと大げさかしら。では〝噂〟と言っておきましょう」

「噂……ですか」

「そう、ちょっと秘密めいた噂が、以前から流れていて、あたしもいつの間にか知っていました」

それは、〝秘密の会合のお付きの女中は、口封じのためいつか殺される〟……というものだった。

それを証明する事実はないが、皆は暗黙のうちに信じているらしい。

というのも、青葉楼にお忍びで上がる殿様や要人たちは、その背景に〝桜田門外の変〟や〝安政の大獄〟やらの、緊迫した政治情勢を背負う大物ばかりだからである。

そんな常連でも、ほとんど名前は外には出ずあまり知られていない。中で土佐の山内容堂侯だけは、芸妓を総揚げするなど派手な遊びをしたから、その名は柳橋や両国界隈に轟いていたのだ。

秘密の酒席があったあとは、女中たちの口から秘密が洩れるのを恐れて斬り捨てられる、と皆は思っていた。

実際に以前、あの青葉楼で、不審死を遂げた女がいたのである。

それは女中ではなく、お吉という古株の芸妓だった。七、八年前のある夏の明け方、お吉は、大川の下流に浮いていたのだという。

大量に水を呑んでいただけで、これといった外傷もなかった。奉行所の見立てでは、酔い醒ましに河辺に出て風に当たるうち足を踏み外した……ということで、事故として処理された。

その夜には、某藩の大名の秘密の会合があったし、お吉がそのお付きの役目だったことは、芸妓たちは皆知っていた。お吉は殺されたのだと、噂があちこちで囁かれたという。

その少し前にも似たような死亡事故があった。だが〝自害〟だとか〝事故〟だとか取り沙汰されたあげく、これといった決め手もなく、結局うやむやになった。

お吉事件があってからは、その役目を尻込みする芸妓も出るようになったという。

もちろん料亭側は、そんな風聞(ふうぶん)をきっぱり否定し、競争相手の某楼の陰謀だと、大いに怒ったらしい。

だが尻込みする芸妓は、呼ばれなくなるだけのこと。青葉楼にも美人女中が揃っていたし、芸妓に代わってお役を務めることも多かった。

その女中たちは、普通にお役をこなしピンシャンしていたから、いつかその風聞は薄れていったという。

「お小夜さんは、ほら、新しい方でしょう。あたしは十七の時から半玉(はんぎょく)で、この世界を知ってましたもの。その前の娘時代でも、お稽古ごとには置屋のお嬢さん達が来てたから。皆と一緒に遊んでいると、自然に耳に入ることも多かったんです」

「……でも、まさか口封じのため殺されるなんて、そんな事が実際にあるんでしょうか？」

綾は、身震いする思いで乗り出した。『花之井』のおかみとお簾が、ヒソヒソ話し込んでいたのは、これだったたと今にして思い当たる。

「さあ、何ぶんにも証拠のないことだし、お武家様のなさることは分からないし、止められませんし」

「どんな方々がその会に列せられるのですか」

「さあ……それもねえ。ただ土佐のお殿様は有名でした」

「そのこと、お愛さんはどうお考えですか？」

「そうですねえ。〝そんなのやっかみよ〟って言う人が結構います。あたしも、そんな気がしないでもないけど」

「やっかみって？」

「ああ、外の世界じゃ想像しにくいでしょうが、結構あるんですよ。高額の心付けをもらい、格も上がる〝特別の人〟への、芸妓達のやっかみがね……」

お愛は、また遠くを見るような目つきで、言葉を途切らせる。

「想い人への恋文を丁稚に託したら、向こう様に届いた時は、毛虫が入っていたって

……いえ、あたしのことじゃないけど」

「まあ……。では特別の人だったお吉さんは、嫉妬で殺されたと？」

「いえ、そんな噂も流れているってことね。特別の人になれないやっかみが、そんな〝伝説〟めいた話を作るのかもしれませんね」

綾は曖昧に頷いて、溜息をついた。結局のところ、どうもよく話が分からない。するとお愛が苦笑した。

「ああ、ごめんなさい。何も具体的なこと言えなくて」

「いえ、とても参考になります。もひとつ、いいですか。お愛さんは、そのお役目をなさったことあるんですか？」

「ふふふ、まだ半玉のころに四、五回ばかり……でもあたしもこの通りぴんぴんと生きています」

「はあ」

二人は何となく口をつぐんだ。

その時、また雨が強くなり、雷鳴が鳴り響いた。お愛はつと土間に下りて玄関の戸を開き、暖簾を下ろした。折から稲妻が光り、お愛の顔を青白く照らし出す。

「暖簾がビショビショだわ……」

と独り言を呟いて板壁に立て掛け、元の席に戻った。

そろそろ潮時だった。

「お話、大いに参考にさせて頂きます。ただこのことはご内密に……」

「分かってます。あ、そうそう、こんなこと言っちゃお父っつあんに叱られるけど、篠屋さんの女中さん……最近、うちに来て、いい奉公先がないか、いろいろと訊いてったそうですよ」

と秘密めかして声を潜めた。

「えっ、誰かしら……」

と言いかけたが、すぐに頷いた。そういえばお波が、運勢をみてもらいたいとか言ってたっけ。しかしまさか、本気で転職を考えていたとは思いもよらなかった。

「でも、こちらも内密に……。青葉楼には知り合いがいるから、あたしも少し探りを入れてみましょう」

懇切な御礼を言って、綾は立ち上がった。

外に出ると、雨はまだ降り続いていた。

「お帰り、綾さん。朗報だよ。この二、三日中に、交替で休みを取ってもいいんだってさ」

煮物の匂いのこもる台所に入って行くと、お孝が近づいて囁いた。

「ただし八つ半（三時）までってのがショボいじゃないか。あんた、先に休みをお取りよ……」

「え……？」

「それ、お孝さんのおかげなんだよ」

と薪三郎が野菜を茹でながら、声を潜めて言った。

「あの肝っ玉おかみがさ、昨日のお孝さんの一撃で、震え上がっちまったらしいよ。休ませねえと、えらい事になるってねえ」

ようやく意味が分かり、綾は笑いだし、肩をすくめた。

昨日、お孝が、お波に〝人使いが荒い〟と陰口叩いているところを、お簾が聞いてしまったのだ。

「ただささ、秋の空かなんだか知らねえが、あの人の気が変わり易いのは天下一品だ、早く取ったほうがいいぞ」

「それはまあご親切に」

と冗談めかして言いつつ本当は、休みを取れるものなら、さっそく明日にも取らせてもらおうと思っていた。

八

翌日の昼前――。

お小夜は、廃屋に近い古い町家の奥座敷に座り、荒れた中庭をぼんやりと眺めていた。

縁側には陽が射していて、戸を開け放っても寒くはない。

中庭は狭く、手入れされている形跡がまったくないが、以前は花好きな主人が丹精していたのだろう。小ぶりでいい形に曲がった梅の木に、白い花が咲きほころんでいた。

表庭から中庭に入る木戸の脇には、沈丁花の植え込みがあり、無数の蕾が膨らんでいた。

水ならぬ落ち葉やゴミが詰まった池の端を、咲き誇る一群れの水仙が黄色く染めていた。それが妙に美しく〝掃き溜めに鶴〟の感がある。

表玄関脇の広間は易学塾として使われているらしく、人が出入りする足音やざわめきが遠く聞こえる。

ここに来てすでに三日。場所は神田の一隅で、〝占い道場〟と呼ばれる閻魔堂大膳の住まい、ということは知っていた。

逃げた時に身につけていた青葉楼のお仕着せは、ここで与えられた粗末な洗い晒しに着替えたが、一度も外に出ていない。

老女が運んで来るお膳にも、少ししか手をつけない。昨日、千吉から作之進の死を知らされたが、哀しくも何ともなかった。

ただ頼って行く所も帰る家もない自分が、哀れでならない。といって、いつまでもここにいるわけにはいかない。いつここを出ようか、とそればかり考えた。

あの夜、川で死んだらよかった……などとぼんやり考えていると、玄関の方が騒がしくなった。

押し問答するらしい声や、廊下を走る足音がしたので、小夜は思わず立ち上がり、耳をすます。自分を捕まえに来た追っ手だろうかと、身構えたのだ。

その時、襖の向こうから若い男の声がした。

「お小夜さん、シノヤのアヤって人、知ってるか?」

どうやら師匠の大膳を訪ねて来たが、あいにく外出中なので、またお出かけください、と言っても帰らない。奥にお客さんがいるはずだから取り次いでほしい、シノヤのアヤと言えば分かる、と言い張っているとか……。

しかし師匠には、誰も入れるなと厳命されているという。

お小夜は驚いた。

あの夜、深夜に起こされて、眠そうな顔で奥から出て来た女中が思い浮かんだ。あの時は話らしい話もしなかったが、わざわざここまで訪ねて来たなんて。

「ああ、綾さんならよく知ってます。中庭から、縁側に回って頂いてくれませんか」

間もなくカタカタと下駄の音がして、質素な働き着をまとい、襟巻きを手にした中背の女が、急ぎ足で庭に入って来た。

ほっそりしていて、化粧気はない。お小夜を見て遠くからにっこり笑った顔は、興奮のためか頬が赤く染まっていて愛嬌があった。

「お体はいかがですか？」

「お陰様で元気になりました。あの節は大変お世話になりまして」

「いえいえ……」

と互いに世間並の挨拶を済ますと、綾は勧められるままに縁側で腰を下ろした。陽を浴びて、お尻の下の床がほっこりと暖かだった。

「ああ、水仙が綺麗だこと」

と綾は、ぎこちなさを緩めるようにざっくばらんに言った。

「お小夜さん、ここまで押しかけて来ちゃってごめんなさい」

「いえ、退屈しておりましたから」

「お訊きしたいことがあるんで、直接お会いした方がいいと思って」

お小夜は黙ったまま小さく頷いた。

「ここの沈丁花はまだ咲いてませんね。先日、青葉楼では咲いていたと言いなすったけど、少し早くないですか？　それともここより陽当たりがいいんでしょうか」

「ああ、そうでした。見た訳じゃないから、たぶんそんな気がしたんでしょう」

「花の匂いがしたんですね」

「そうでした」

お小夜は沈丁花を見やって呟いた。

「でも庭で匂ったのは、もしかしてこのお香だったんじゃないかと……」

とあの香のお試し袋を取り出して、差し出した。お小夜はそれをしばし鼻に近づけてから、小さく頷いた。

「そう……みたいです」

「青葉楼でこのお香を身につけている方……芸妓さんでも女中さんでもいいですけど、誰かご存知ありません？」

だがお小夜は黙りこくったままで、首を振る。その顔をじっと見つめて、綾は少し乗り出して縁側に手をついた。

「一つ訊いてもいいですか？　青葉楼の女中さんやおかみさんも含めて、この沈香系のお香を愛用している方はいませんか」

「そうですねえ、あいにく……」

とお小夜は相変わらず首を傾げる。

「よく思い出してください。お小夜さんを助けてくれた恩人は、その方の可能性が高いんですから……」

もしかしたらお小夜は、すでに気づいているんじゃないか、と綾は勘ぐった。あれから時間も経過しており、あれこれ考える時間があったし、それほど難しい推理ではないのだ。

同じ店に働く身近な人であれば、仮にお香で判断つかなくても、声や物言いから分かるんじゃないかと。

ましてその人は敵ではなく、恩人なのである。

知れて困る事ではないのだから、隠す理由が見つからない。もしそれでも隠し続けているとすれば、何か深い事情があるのでは、と疑わざるを得ないのだ。

「はっきり申しますけど、お小夜さん、もしかして何か隠していませんか？」

我ながらきつい言い方と思いつつ、綾は続ける。時間がないのだ。早く聞き出さないと、この外出は無駄になる。

「正直に話して頂かないと、謎は解けませんから」

「でも、あたし、話すことなんて何も……」

俯いて口ごもっている、その時だった。

「ヒイッ……」

と突然、お小夜が金切り声を上げてのけぞったのだ。

どこかから石つぶてが飛んできて、お小夜の肩近くを掠めた。

石つぶてなら……と綾が千吉を思い浮かべる間も無く、ビュンと空気を切るような音がして、何かが飛んできた。

それは柔らかい早春の日差しをキラッとはね返し、鈍い音を立てて、茶色に変色している古畳に切っ先を突き刺したのだ。

綾は恐怖と驚愕に凍りつきつつ、腰を浮かした。

それは一尺に満たない、木柄短刀だった。石と短刀が飛んできたのは、ほんの一瞬の差である。

その意味するところを考え、綾は反射的に土足のまま夢中で縁側に這い上がった。

「伏せて！」

叫んで、尻もちをついて茫然としているお小夜を突き飛ばした。さらに襖を開け放って、母屋に続く廊下へと押し出した。

背後に足音を聞き、ハッと振り返ると、刀を抜き放った男が、こちらへ向かって走って来ている。

「誰かいませんか……！　誰か助けて！」

綾は、母屋に向かって叫びつつ、渡り廊下に飛び出した。

母屋には複数の弟子がいたはずだ。それにこの庭のどこかに、あの千吉が潜んでいるのを確信した。

千吉は、少年時代から石投げの名人で、人呼んで〝水切りの千吉〟である。あの石つぶては、千吉が投げたものに間違いない。

水切りとは、平たい石を水面スレスレに飛ばし、着水してはぴょんぴょんと水を切る回数を競うものだ。千吉はその競技会で何度も優勝した腕で、最多の水切り回数は九十回だという。

石が飛んできた時、それが危険を告げる警告だと、綾にはすぐに分かった。だが短刀を投げた男の腕も、名人級であった。

あの石つぶてに邪魔されなければ、短刀は間違いなく、お小夜の咽喉元に刺さっただろうと思われる。

男は、逃げるお小夜を追って渡り廊下の方へ向かったと見えた瞬間、鈍い声を上げてよろけ、その場に崩折れた。

二つめの石つぶてが、男の盆の窪に命中したのである。

沈丁花の植え込みの陰から、ヒョロリと千吉が立ち上がった。

「おい起きろ、死んじゃいねえよ。急所は外したんだ」

と千吉は近寄って、男を揺すり起こした。確かに男は死んではいなかったが、まだ朦朧状態だ。

そこへ駆け付けてきた若い門弟らが、罵る蹴るの大騒ぎになった。

「縛り上げて、近くの番所に突き出してくれ、すぐ行くから……」

と千吉は言い、真っ青な顔でへたり込んでいる二人に歩み寄った。

「大丈夫かい？」

「……お見事でした、ありがとう」

綾は襟元を直しながら、やっと声を発した。

「間に合って良かった。おいら、青葉楼まで行ってきたところなんだ。あそこに知り合いがいるんでね」

門弟に囲まれて、男が引き立てられて行くのを目で追い、言葉を途切らせつつ千吉は縁側に浅く腰を下ろした。

九

「あの人、たぶん篠屋を偵察に来た人だわ……」

同じく男を見送りながら、綾は恐ろしそうに襟をかき合わせた。

「ここまできっと、私を尾けて来たんでしょう。でも、篠屋をどうして割り出せたのかしら？」

　すると茫然として黙り込んでいたお小夜が、急に言い出した。

「ああ、それ、たぶん……あたしが磯次さんの猪牙に乗った時、追っ手が近くにいたんです。磯次さんが、自分は船頭で、両国橋の手前まで下っていくと言いなすったから、それを聞いていて、おそらく柳橋の船宿を洗ったんじゃないかしら」

「ふーん、凄腕だな。あいつ、柳橋辺のゴロツキにちげえねえ」

　千吉が溜息混じりに言った。

「お小夜さん、奴ら、また襲って来るぞ。あいつらを動かしてる張本人を押さえねえと」

「…………」

「いや、今はゆっくり話しちゃいられねえが、青葉楼って、とんでもねえ一家だな。主人は、中気になって寝たきりで、おっ母と若おかみが睨み合ってるんだってさ。こりゃ、お小夜さんに話を訊くしかねえと、すっ飛んで来たんだよ」

「お小夜さん、何か知っていなさるんでしょう」

「ああ、ご免なさい、話します、すべて話しますから……」

　お小夜は身震いしてワッと泣きだした。

「ご免なさい、誤魔化してばかりいて……。でも作之進が死んだと聞くまでは、本当にあの人に追われてるとばかり思ってたんですけど……。このあたしが、お登美様に助けられるなんて、そんなはずはないんだし」

「お登美様って？」

と綾が聞き咎めた。

「ああ、ご免なさい、青葉楼の若おかみです。あのお方は、よく沈香のお香を焚き染めていなさるから」

「ええ？　じゃ若おかみが助けてくれたわけ？」

「……いえ、それは考えられません。だって、あたしを殺したい人がいるとしたら、あのお登美様しかいないから。あたしは番頭さんに見出され、青葉楼に入った者です。ええ、お登美様を見張って、その動きを報告するのが条件で、雇われたんですもの」

「ちょっと待って、お登美さんの何を見張るわけ？」

「不義密通です」

「ふ、不義……」

綾は千吉と顔を見合わせて、沈黙した。

青葉楼の主人実五郎は四十半ばだが、後妻のお登美は三十で、客あしらいの巧みな、

〝ちょい悪〟が魅力の美人おかみだった。

だが、夫が病臥の現在、青葉楼を切り盛りしているのはそのお登美ではなく、六十半ばの実五郎の母お蕗だった。

実五郎の前妻には子がおらず、息子に何かあったらあのお登美が、何もかも乗っ取ってしまうと、お蕗は口癖にしていたという。

そこで実権が嫁に渡らぬよう、古株の一番番頭に相談して、あれこれ画策していたのである。

「しかし不義密通ったって、相手は誰なんだよ？」

「御主人の弟で、妾腹でいらっしゃる喜之助様……。喜之助様はとても遣り手ですけど、まだ手代から上がれません」

お蕗は、この二人の不義密通の噂を摑んで、番頭を通じてお小夜から逐一報告を聞いていたのだ。

ただあくまで客商売だから、悪い評判が立っては店にとってまずい。

そこで公にしなかったが、実五郎の容体次第で持ち上がるだろう相続問題の修羅場では、それを武器にして、有利に話を進める算段だったのである。

それを知った二人は、お蕗の手先として二人の関係を摑んでいるお小夜を、真っ先に処分しようと企んだらしい。

「ですから、お登美様から狙われこそすれ、助けられる筈なんてないですよ……。あたしが馬鹿だったんです。青葉楼に残して頂きたい一心で、忠実に役目を果たしていたんだから」

とお小夜は唇を嚙んだ。

「あたしなんか、初めから消される運命だったのに……」

そうだ、おそらくお小夜の言う通りだろう、とその時ようやく綾の脳裏に、事件の真相が浮かんでいた。

お小夜殺しの謀は、お愛から聴いたあの〝伝説〞が、下敷きになっているのではないか。あのような噂が皆の頭に残っていれば、仮にお小夜の死体が大川に浮かんでも、その筋の話だろうと皆は勝手に思ってしまうのではないか。

「でも、お登美さんがお小夜さんを助けたとすれば……?」

と綾が問おうとすると、お小夜は首を振り、言葉を詰まらせた。

「そんな事、考えられない。あの計画は、喜之助様より、お登美様が立てたように思えてなりません。ただあの時、あたし、本当に沈丁花がそこらに咲いて、いい香りを漂わせているんだとばかり思いました……」

とお小夜は思い出すように遠くを見つめ、涙を流し続けた。

ところでその時、困ったことが出来した。

門弟らが捕らえた〝刺客〟は、よろよろしながら番所まで引かれて行ったが、皆が油断している隙に、逃げてしまったのである。

千吉と綾は、この件をどう処理していいか分からなかった。

一連の事件の流れの中で、誰一人死んでもいないし、証拠となる捕獲人も、訴え出る者も居ないのである。

やむなく千吉は、そのあとで八丁堀に寄って、亥之吉親分にこの件を打ち明けたのだ。

「いったん捕まえて取り逃すたァ、よほどのボケナスだ。十手人にゃ向かねえから、下っ引なんぞやめちまえ」

などと親分は、千吉の不始末をこっぴどく叱った上で、処理を引き受けたという。

数日後、亥之吉親分が青葉楼を訪ねることになり、千吉がお供した。

帳場脇の小部屋に通された親分は、大おかみのお蕗と、若おかみのお登美を目の前

に呼んだ。お小夜の失踪について切り出すと、

「ええ、あの子、どうしちまったんだか！　突然姿を消したんですからね、親分さん。真面目な子だったのに、恩を仇（あだ）で返すなんて……」

　とお蕗が顔をしかめて、嫁と頷き合った。

「何かあったのかい」

「まあ、何があったか知りませんがね、どうしたもんだろうって、皆で探してるところですよ」

「情人（おとこ）でも出来たんじゃねえのかい」

　と親分がカマをかけると、登美も大きく頷いて、同じことを繰り返した。

「親分さんもそう思います？　ええ、たぶん男でしょう、悪い子じゃなかったし、届けを出したものかどうかって、義母（はは）と話してたところなんですよ」

　二人は一致団結して、代わる代わる似たようなことを繰り返す。親分は何とも答えず煙草を出して、黙々と煙管に詰め始めた。

　お客が来たのを理由に、お登美が先に席を立ったが、その時お蕗にそっと何か渡した。

　お登美が去るとお蕗は急に声を潜めて、囁くように言った。

「親分さん、ここだけの話ですが、お小夜はあの夜、お付きのお役目だったんですよ。それで皆、例のことをあれこれ言うんです。どうぞよしなに頼みます」

とお登美の置いて行った包みを、畳を滑らせるようにして差し出した。

「例の話ってのは……」

親分は気を持たせるようにゆっくり煙を吐き出し、老おかみの細い顔を見つめた。

「お殿様に消されたって話かい？　あのな、おかみさん、そんなカビ臭い話はもう忘れちまった方がいい。若おかみにも、よく言い含めておくんだな。お小夜は情人と消えたんだ。この件には、もう触れねえこったよ。お小夜の身内が、直参旗本だったてえ話、知ってるかい？　もし敵に回すと、何かあればうるせえぞ」

言って、包みを押し返した。

十

玄関脇の沈丁花がいい香りを漂わせ始めた日、綾はお愛の在宅を確かめ、矢之倉に報告かたがた出向いて行った。

今回は、中庭に面した小ざっぱりした茶室に通され、お愛が手ずからお薄(うす)を点(た)てて勧めてくれた。

お愛はお小夜が危機を逃れたことを知って、前と同じスッピンの顔を笑み崩し、我がことのように喜んだ。

お小夜はその後、あの閻魔堂の仲立ちで、雑司が谷の小物問屋に住み込むことになったのである。そこの女主人は閻魔堂の古い友だちで、店を任せられるような堅い女を探していたという。

「まあ、それはぴったりじゃない、お小夜さんにはそんなお店が向いてますよね」

と何度も頷いて、静かにお茶を啜った。

「ところで、あの青葉楼の事件ですが……」

綾はその内部事情を話し、あの〝お小夜事件〟を、先日お愛から聞いた〝伝説〟に沿って仕組まれたのではないか、と推測してみせた。

「まあ、誰がそんな……」

綾の報告を聞いて、お愛はしばし絶句した。

「あそこの大おかみと若おかみが、犬猿の仲とは聞いてましたけど、まさかねえ……。でも確かに、お小夜さんが突然消えても、秘密の会があったあとでは、皆あの噂を思い出したでしょうねえ。よく考えられた計画と思います」

「でもお愛さんは、それを知っていなさったのでしょう?」

「えっ?」

お愛は大きな声を上げ、綾をまっすぐ見返した。

「どういう意味ですか。あたしが知るわけがないでしょう」

「でも、お愛さんしか考えられないんです」

「………」

「自分の秘密を握った女中を、お登美さんが逃がすでしょうか。どうしても私にはそうは思えなくて」

「………」

「それに、お登美さんて人、以前は青葉楼の女中だったそうですね」

「ええ、そう聞いてます」

「ならば当然あの噂は承知していたはず……。お登美さんは、たぶん計画を立てた本人でしょう。その人がお小夜さんを逃がすなんて、間尺(ましゃく)に合いません。あの噂を知っていて、当日青葉楼にいて、あの匂いを身につけていた人といえば、お愛さんしかいないのです」

「ああ……。そんな人、そうはいませんね」

お愛は観念したように言い、残りの茶を啜った。

「ええ、綾さんのおっしゃる通りです。でも青葉楼の争いなんて、少しも知りませんでした。べつに事情が分かってて、そうしたんじゃないんですよ。ただ……」

あの夜、御座敷を終えて、控えの間に戻ろうとしている時に、足下灯が灯るだけの暗い中庭を、一人の男が駆け抜けるのを見たのだという。

方向からすれば奥座敷の方から、裏の川の方へと急いでいた。

それを見た瞬間、お愛の脳裏に、忘れようとしても忘れられない悪夢が蘇(よみがえ)った。

まさかと思ったが、とっさに渡り廊下を走り、控えの間から庭に出たのである。

そこへ女中らしい女が飛び込んで来たから、夢中で突き飛ばした。

「ただそれだけのことなんですよ。それで人助けが出来たんなら、こんな嬉しいことないわ……」

「お愛さん、それじゃ〝あの噂〟は、嘘じゃなかったんですね?」

「あの噂……」

言ってお愛はふと立ち上がり、障子を開けて縁側まで出た。

そこで深呼吸でもしたのだろうか、やがてまた戻って来て、元通りに座り直した。

「御免なさい、何だか外の空気が吸いたくて……」

お愛はほつれ毛をかき上げ、襟もとに白い手を寄せた。

「まだ半玉のころでしたが、実はこんな事があったんですよ。ただあたし、奥のことは分からないので何とも言えませんが」

土佐の山内容堂侯が京へ向かうことになり、お付き役も最後の夜だった。その日も容堂侯の元へ、何人かの要人が秘密裡に集まり、お愛はつつがなく、お付き役を終えた。

宴席の後片付けを済ませて戻ろうとすると、お茶を所望された。

お愛はすぐにお茶と軽い菓子を添えて御前に届け、次の間に下がった。

静かに廊下に出て庭に下りようとした時、殿様がそばの家来を呼ぶ小声が耳に入ったのだ。

何かピリリとした空気を感じ、全身が毛羽立った。

例の噂を知っていたお愛は一瞬、ああ、自分もこれまでか、と命が縮む思いがした。

続いて耳に届いた言葉はこう聞こえた。

「あの妓は、きらんで良し」

〝きらん〟は〝斬らん〟か、〝要らん〟の聞き違えか。

お愛は強ばった背筋を伸ばしたまま、庭をそろそろとゆっくり歩いた。いつ背後から誰かの手が伸びるかと、気が気でなく。無事に台所まで辿りついた時、床にへたり込んだ。

「あれは、何かを恐れるあまりの幻聴だったのか、御前様のお酒の上の戯言だったか、よくわかりません、ほほほ……。鯨酔侯と名乗っておられるほど、お酒のお強い殿様でしたからね、ええ、お揶揄いだったのかも……。あれからすぐ船で京へ向かわれ、その後、土佐にお帰りになって、一度もお目にかかっておりません」

そこでふと気づいたように、目を外に向けた。

「ああ、そう言えば……あれもこんな季節でしたっけ。ええ、そうそう、船が出た日は、沈丁花が匂ってましたよ」

お愛は言ってまた立ち上がり、障子を開け放って、しばし縁側にしゃがんで外を眺めている。

その話を綾は、信じられぬ思いで聞いた。

華やかに見える世界の裏に、そんな恐ろしい事があるのだろうかと。

綾も立って行って縁側に出て、無言で横に座った。

まだ半玉のころのお愛の初々しい姿に、さしもの鯨酔侯も気がくじけたのかしら、などと思いを馳せるうち、ふと思った。

もしかしてお愛さんは、それから沈香のお香を身につけるようになったのでは……。その思いつきにハッとして横を見ると、お愛は物思いに耽って、涙ぐんでいる風情である。

（あれ、まあ、もしや……）

もしやお愛さんは、そんな恐ろしいお殿様に、恋をしていなさるのかしら？　いえ、まさかまさか……。

冷たいが、水ぬるむような早春の空気が、家まで流れ込んでくる。その中に、甘い沈丁花の香りがぷんと薫っていた。

第二話　この道、抜けられますか

一

〝晴れて会う夜を、待乳山（まっちやま）、
翼をかわして濡るる夜は、
いつしか更（ふ）けて水の音
みだれ逢うたる夜もすがら……〟

……二階から、芸妓（げいしゃ）の唄う細く甘い声が聞こえてくる。
三味線（しゃみせん）の爪弾（つまび）きがそれに続く。
（ああ、あれはお風さんだ）

階下で洗い物をしている綾は、裏階段から降りてくる二階の音曲を、うっとりと聞いていた。

唄っているのは、お風という人気の芸妓である。

色っぽい甘い声で、お風がこれを唄うと、座は盛り上がるどころか盛り下がる、という評判だった。それぞれに想い人の元へ、一刻も早く飛んで行きたくなるからだそうな。

いつもは忙しさにかまけて聞き流しているが、ふと聴き耳を立ててみると、その艶めかしさにドキリとする。

（みだれ逢うたる夜もすがら……ってどんな夜かしら）

などと想像し、おぼこ娘のように人知れず頰を赤らめる。

そういえば〝名月や池をめぐりて夜もすがら〟という句があったっけ。

詠み人は確か芭蕉だったと記憶するが、その〝夜もすがら〟に導かれて、外の空気を吸いたくなった。

少し前に鐘が五つ鳴ったから、そろそろ五つ半（九時）。今日は晴れているから、月が美しく上っているだろう。

もう予約客の料理はすっかり出てしまい、お孝も薪三郎も引き上げてしまった。これからは注文があれば、作り置いた惣菜や酒を、お波が取り揃えて運んで行くことになる。

お波はもう、声が届くよう女中部屋の襖を開け放ち、中で寛いでいた。

片付けを終えて一段落した綾は、厨房用の高下駄を低い駒下駄に履き替えて、そっと勝手口から外に出る。

戸を閉めると、周囲に立ち込めていた煮物の匂いが遮断される。

路地を満たす夜気には川の匂いがし、冷んやりとした中に何かの花の匂いが溶けていた。

思いきり吸い込んで、そのままカラコロと路地を川の方へと向かう。空を仰ぐと、まだ少し欠けている月が中天に上っている。

路地を出ようとしたその時だった。誰かが走り込んで来て肩にぶつかり、綾は突き飛ばされそうになったのだ。

「おっと……」

と綾の肩を押さえたのは、三十前後に見える男だった。

「すまねえ」

「いえ……」

短く言って、通り過ぎようとした。

男の声に、何か嫌な予感がしたのである。ひどく切迫していて、長く走って来たように息切れがし、苦しそうに肩で息をしていた。

急いでそばをすり抜けようとすると、周囲を憚(はばか)るような低い声が追ってきた。

「この道、抜けられますかね？」

「ええ、抜けられます。この路地と、その先をもう一つ二つ抜けると、両国通(りょうごくどお)りに出ますから」

と軽く頭を下げて、そそくさとその場を離れようとした。

だがその時、遠くから駆けて来る足音が聞こえた。

ハッとしたように男は振り返り、足音のする方角を確かめるや、やおら綾の手をグイと捉え、いま出て来たばかりの路地に飛び込んだ。

「ねえさん、ここから出て来たのかい？」

と勝手口を指し、綾が思わず頷くと、みずからその戸を開いて綾ともどもに飛び込んだのである。

男の身体から、フッと木の香がした。

戸を閉めたその直後、ドドドッ……と複数の足音が路地に入り込んで来て、川と反対の方向へと駆け抜けて行った。

棒のように竦んでいた綾は、身をもがいて叫ぼうとしたが、男の手が一瞬早く、綾の唇を塞いだ。

「じっとしててくれ、頼む」

声は低いが、有無を言わせぬ凄味があった。

「また戻って来るかもしれねえから、ちょっとだけ匿ってくれ」

「そ、それは……」

〝無理です〟という言葉が、喉の奥に消えた。頭の中が真っ白になったが、夢中で首を振った。

「もうすぐ箱屋さんが、芸妓さんを迎えに勝手口に来ますよ」

「大勢いるのか?」

「ええ、ここは船宿ですからね。この屋根の下には、店の者やらお客様やら芸妓さんやら、大勢いるんです。逃げるなら今のうちですよ、誰にも見つからないうち、早く出てってください!」

これまで何度、こういう人がここに飛び込んで来て、助けを求めたことだろう。だが自分の家ではないし、お客様を扱う商売だから、仮に助けたくても無理なのだ。

「駄目だ、この近くにまだ奴らがうろうろしてる」

「奴ら……って誰なんです？」

聞くのも恐ろしかった。だがうっかり関わって、もし相手が凶悪な罪人だったりしたら、とんでもないことになる。

「それにお前様は、どなたです？」

「…………」

男は無言だったが、暗がりでその目が光ったようだ。

その時、男の懐が膨らんでいて、左手でしきりに押さえているのに気がついた。短銃か、ドスか？　もし自分が断ったらそれを突き付けて、隠れ場所に案内させるつもりだろう。

あれこれ考えると背筋がチリチリした。

二階からはどっと笑いが弾（はじ）け、芸妓の嬌声が聞こえた。賑わいの只中（ただなか）で、またトンテンシャン……と三味線の爪弾きが始まっている。

お簾もどうやら座敷に詰めて、帳場には甚八がいるらしい。

この土間を上がると、表玄関に通じる廊下があり、その廊下に面して帳場がある。

そこに甚八が番をしているはずだが、どうやら居眠りしているようだ。

綾はやおら、横に立て掛けてあった箒を手に取って、夢中で男の左手をはたいた。

「手をそこから放して！」

男はハッとしたように、両手を挙げた。

とたんに綾は、キャッと叫び声を上げそうになった。懐が急に割れ、中からもぞもぞと顔を覗かせたものがいたのだ。

猫だった。

それも真っ黒なカラス猫だったから、目が緑色に光っていなければ、着物の一部と思ったかもしれない。

「まっ！」

まさかこの人、猫を抱えて逃亡しているの？

驚き呆れた気分で、改めて男に目を移す。

懐から顔を出した猫は、厨房の暗がりを凝縮したように黒かったが、綾には、ポッと灯った灯りのように感じられた。この人は、悪い人ではない。

ふう……と安堵の息をつき、初めてまともに男を見返すことが出来たのだ。

二

目も慣れて、男の顔がぼんやり見えた。

ガッチリしていて、濃い眉毛の下にギョロリとした目が光っていた。身にまとっているのは、洗い晒した着物に、裾のすぼまった軽衫で、雪駄を脱いで帯に差していた。

「どういうことですか……」

裸足の足を見ながら、綾は問うた。

「急いでる、話はあとだ」

と短かく遮って、

「あとですべて話すから……」

と言い直し、そこで途切れた。また路地に入ってくる足音が聞こえたのである。だが、そのペタペタとゆっくりした湿った足音と、低い話し声は、追っ手のものではなさそうだ。

「あれは箱屋だわ、早く外に出て！」

綾は大急ぎで手を振って、勝手口横の、塀と建物の壁に挟まれた、大人一人が横向きで通れるくらいの隙間に、男を押し込んだ。

「このまま逃げてね、両国から舟を使ったらいいですよ」

と念を押して、急いで厨房に戻った。ほとんど入れ違いのように、箱屋が二人入って来た。

「お疲れさま……」

と綾は流し台のそばから、さりげなく声をかける。まるで見計らったように階段に足音がして、お簾の声が飛んできた。

「綾さーん、お波、お客様がお発ちだよ、お見送りして」

「はーい、ただ今!」

綾が表玄関に飛んで行くと、階段からどやどやと、酔客が降りて来たところだった。人形町の家具問屋組合の幹部三人で、これから吉原に繰り出すらしい。

声を上げるなら今だ!

綾はそう思ったが、男はもう逃げただろうと考え直す。

番頭の甚八が這いつくばって、雪駄を並べていた。船着場まで案内するお簾は、すでに外に出ていて、〝篠屋〟という字が浮き出た艶めかしい提灯を掲げている。

今、ここでおかみに話そうと思ったが、男は自分の教えた道をたどって、もう遠くへ逃げおおせたに違いない。

そこへ、美しい声のお風と、舞に定評のある年増の芸妓が、賑やかな声を上げながら降りて来て、三味線を綾に渡して出て行く。

最後にお波が、座敷に忘れものの無いのを見届けて、追って行く。

匂いやかな一陣のつむじ風のように、毎日繰り返される、決まりごとだった。

芸妓たちがそれぞれに帰って行くと、篠屋は静けさを取り戻し、深夜の客を迎えることになる。

お波を手伝って二階の膳を下げ、片付けてから、綾はそっと勝手口を出てみた。すると真っ暗な中で、板壁にへばりつくように男が立っているではないか。

「まあ、逃げなかったんですか」

声は潜めたものの、綾は落胆を隠さずつけつけと言った。

「まだ出られねえ、もう少し頼む」

「一体、何を……？」

「人を殺めた」

綾は息を呑んだ。

「だが、それにはそれなりの訳がある。この猫を届けたら、自首して出るつもりだ。どんなお裁きを受けようとも、悔いはねえ。だがあいつらに捕まったら終わりだ、その場で殺される……」

長くここに男を立たせておくわけにはいかない。そろそろ千吉が帰って来る時刻で、見つかったら厄介だ。船頭らも戻って来ると、この厨房で夜食を食べる。

綾はやむなく、男にこの隙間を通り抜けてもらい、裏庭の奥にある物置小屋に案内したのだった。

この小屋には、清掃道具や、茣蓙や、船に乗せる浮き輪、綱、高張提灯、雪掻き……など雑多な日常品が押し込まれている。

明かり取りの高窓はあるが、暗くてカビ臭く、藁の匂いがこもっていた。まずは古い茣蓙を出してやると、男はホッとしたように腰を下ろして、ようやく猫を床に放してやった。

猫はまだ若猫らしく、中を歩き回って、小屋を埋める闇に消えてしまいそうになっては、戻って来る。

「どうして猫を……」

「置いて逃げりゃ、おれの代わりに、こいつの首が刎(は)ねられる」

「へえ？」

「可愛がってた猫の首を、家に投げ込まれた男を知ってるのさ。奴らのしわざだ。胴体は往来に転がり、そいつは……」

「もう分かりました」

　綾は、もういいというよう手を振った。

　明かり取りの高窓から入る月明かりに、うっすらと笑っている男の顔が見える。

「私、猫に水とか持って来るけど、先に一つだけ訊いといていいですか。奴……って誰です？」

「賭場(とば)を仕切ってるヤクザの親玉さ。大田黒(おおたぐろ)って名のケチな野郎だ。業突(ごうつ)く張りの金貸で、賭場で儲けて、その上まだ貧乏人から絞りとる。そいつに見込まれたのが、おれの生涯の不運よ」

「…………」

　よく分からないが、この人はどう見ても博徒(ばくと)には見えない。

　本当に人を殺めたとして、そこにはのっぴきならぬ事情があっただろう。見ず知らずの自分が、根掘り葉掘りするのもためらわれ、綾は黙り込んで猫を撫でていた。

「ああ、おれは柾次郎っていう」

やっと気づいたように、男は言った。

「これでも本所じゃ名の知れた、簞笥作りの五代目さ」

安全な小屋に身を隠したことで、気分に余裕が出たのだろう。ようやく寛いだ口調になった。

「簞笥作りというと家具屋さん？」

先ほどの家具問屋組合のお客を思い出して、言った。

「いや、大工だよ」

やっぱり、と綾は思う。この人の身体からは、木の香りがした。

木の香のする若い人がこんな思いをしている一方で、豪遊している家具屋のお歴々は、酒の匂いしかしなかったっけ。

「うちは代々〝柾次郎〟を名乗る家でね。八年で〝半人前〟、その倍で〝一丁前〟といわれる世界さ。おれは十五で簞笥職人の親父に弟子入りし、二年前にようやく一丁前になった。そのころだよ、親父が卒中で逝ったのは」

「…………」

「何とか〝柾次郎〟の名を継いだばかりで、このザマさ」

それから綾はいったん厨房に戻り、水や食べ物を、こっそりと小屋に運んだ。厨房の竈(かまど)のそばには、裏庭に出る出口があり、厠(かわや)や蔵にはここを使う。厨房の主の新三郎とお孝がいたら、この芸当は出来なかった。

今は誰にも見られずに出入り出来た。

三

物置小屋に出たり入ったりしながら聞いたところでは――。

父親が死んですぐに、大田黒一家という地元の親分が乗り込んで来て、立ち退(の)いてくれと言われた。

生まれ育った先祖代々の家を追い立てられるなど、思いもよらぬこと。事情を訊くと、父親は豪快に放蕩(ほうとう)したあげく、家を担保に、親分から金を借りていたというのだ。元金はもっと少額だったが、高利息で雪だるま式に増えていったらしい。とても柾次郎の返せる額ではなかったが、借金は自分が背負うこととして、当面、家を追われるのは免(まぬが)れた。

ところが月々の額が返せず、利子が増えていく一方だ。

博打が強く、これまで小遣いに困ると、この親分の賭場で稼いだものだが、今は、その腕を見込まれ、賭場の専属の博徒になれば稼がしてやると迫られる身だった。

博打打ちになる気はないと断ると、手下を連れて乗り込んで来て、返済金滞納の形に、十歳下の妹を連れて行こうとした。

柾次郎は、明日にはこの家を明け渡すから、無体なことはやめてくれと掛け合い、家を引き払うのと引き換えに、目の前で証文を破って貰うことになった。

だが親分は何を考えたものか、帰り際に家の中を物色して回り、一つの箪笥に目を止め、これを置いて行けと言ったのである。

それは父親の四代目柾次郎が、手塩にかけて作った総桐の〝刀箪笥〟だった。注文品でもなかったのに、なぜ父親が精魂込めて〝刀箪笥〟など作ったのかは、分からない。

いい箪笥を作ったが、豪快に遊び、莫大な借金を残して死んだ父親を、息子は理解出来なかった。わけが分からない男だったが、その分だけ尊いようにも思えた。

「いや、他のものは置いて行っても、これだけは持って行く」

と断ると、親分は、その箪笥を蹴飛ばして出て行った。

「……それを見た時、おれの頭に火が散った」

気がついたら、愛用の突き鑿を握りしめ、親分のあとを追っていた。

親分……と呼び止め、振り向いたところへ体当たりし、腹を一突きしたのである。

「急所を狙ったから、あの一突きでお陀仏のはず。後悔はしてねえよ。手下どもが仰天して大騒ぎしてる間に、うちの若いのに託して妹を逃がし、おれは猫を抱いて飛び出した……」

「でも、猫をどうするんです、連れて行く当てはあるんですか」

「采女原って知ってるかい？」

「ああ、西本願寺の先の……」

「そう、そこに、この猫を貰った猫屋敷がある」

「猫屋敷……」

「そう。綺麗な女がいて、猫に囲まれて暮らしてる」

「まあ、その方が……」

「ああ、そう、想い人だった」

柾次郎は肩をすくめて頷いた。

「死んだ親父のね……。あんな無茶苦茶な借金をしたのも、その女を吉原から落籍すためだったというから、どうもねえ」

と、分からないという仕草をして見せた。

「こいつは、親父が気に入って貰って来た猫だ。家に置いておきゃ殺されるかもしれねえし、おれはもう娑婆にゃ戻れねえだろ。だから返しておきてえんだ」

「……………」

綾は、不思議な生き物を見るように、猫を見ていた。

この猫を自分が預かる道もある、という考えが頭をよぎったが、ここではとても無理だろうと思う。

毎夜、自分の足元で眠る〝名無し猫〟も、考えて見れば不思議な動物だった。毛が飛ぶのを恐れて厨房に入らぬよう厳しく躾けられていて、魚のいい匂いがしても決して寄りつかない。

だが誰かしらが餌を与え、昼間はどこかで過ごし、夜になるとちゃんと戻って来る。

そのおかげで、この家の猫であることを暗黙に認められている。あの猫がいても誰も喜ばないが、死んだらきっと皆は悲しむだろう。

だがこの黒猫は、そうもいくまい。今、大人しく懐に収まっているのは可愛かったが、哀れでもあった。この猫は、絶体絶命のこの飼い主に連れられて采女原に行くしか、生きる道はないのだ。

気がつくと、母屋の方が騒がしかった。

もしかして家捜しかもしれないから、ここから出ないように言って、綾は急いで母屋に戻った。

「……そのようなお方は、ここには見えていませんよ」

表玄関の上がり框に座って、お簾が言っている。

玄関には、三十がらみのいかつい顔の大男が立っていた。着流しにした派手な縞柄の着物の上に、大田黒と染め抜いた紺色の半纏を羽織っている。

「いや、おかみさん、そいつは確かに、この柳橋のたもとで見えなくなっちまったんでさ。ちょうどこの辺りでね」

「でも、この辺りったって広うござんしょう。お役に立てなくてすまないけど、この篠屋にはお見えじゃないですよ」

「何もお客で、座敷に上がったタァ言っちゃいねえんで」

「お客様でなけりゃ、何だと言いなさるのです？」

とその声はだんだん高くなる。

「そいつが、勝手に入り込んで隠れてるか、こちら様に匿われてるか。だからちょいと、その……」

「うちが何で、縁もゆかりもないそのお方を匿うのです？　そんな暇も、親切心も、持ち合わせていませんよ。見ての通り、うちは小商いで忙しくしておりますんで……」

とお簾はやおら振り返った。

「お前たちの中に、誰かを見かけたり、匿ったりしてる者がいるのかい？　いたら正直にお言い！」

周囲に顔を出していたのは、甚八、お波、船頭の弥助、竜太だった。皆は一斉に首を振り、誰も侵入者はいないと口々に言った。

「ほら、この通りですよ。まだお商売しておりますんで、ここはお手柔らかにお引き取りを願います……」

「いやいや、おかみさん、すまねえこって」

と大男は言った。

「こっちにも退がれねえわけがある。その野郎は、うちの大田黒親分を刺した下手人でえ。何としてもあっしらの手で捕まえねえと、面子が立たねえんだ」

その男の背後から、すでに数人の若い衆が土間に押し入っていた。外にはさらに数人が集まって来ていて、何やら喚（わめ）いている。

「そんなわけで、ちょいと家捜しさせてもらいますぜ」

逸（はや）りたった若い衆が土足で上がろうとすると、

「お待ち！」

とお簾が立ちはだかった。

「おたくら、誰のお許しで、他人の家に上がり込むんです？　親分さんには心からお悔やみ申しますけどね、うちにも事情ってもんがありますよ。うちはお上（かみ）の鑑札を頂いて、真っ正直に商売している船宿です。鼠取（ねずみと）りじゃあるまいし、この夜中になってドタバタ家探しなんぞ、真っ平ごめん被（こうむ）ります」

と怪鳥のような声で叫び立て、手ぶりで甚八に下駄箱を開けさせたのである。そこには武士が履くような、上等な雪駄（せった）が三人分、きっちり並んでいた。

「二階じゃ、まだお客様が呑んでいなさるんですよ。これから吉原に向かうお武家様でね。勝手な真似をしたら、営業妨害の罰金だけじゃ済まなくなります」

男達は勢いを失って、ガヤガヤ騒いでいる。

その声を耳に、綾は厨房に戻った。震える思い、震える手で奥の引出しから鍵束を摑み出し、竈の横の口から裏庭に走った。

「柾次郎さん、今のうちですよ！」

小屋に飛び込むと、綾は声を殺して言った。

「一家の全員が、表玄関に集まってます。もしかしたら勝手口に一人見張ってるかもしれないけど、それだけでしょう。大丈夫、ちゃんと逃がしてあげます」

篠屋の全員と、大田黒一家の追っ手のほとんどが、玄関付近に終結していたのである。

この物置小屋の裏には、火事などの災害時にしか使われない目立たない裏木戸があった。その鍵は、手に持っている。

綾はそのことを告げ、自分の財布から出してきたなけなしの一朱を二枚、相手の手に押し付けるように握らせた。

柾次郎は押し返そうとしたが、綾は強い力で押し戻す。

「いえ、ぐずぐず言わずに受け取って！　これしかないけど、舟くらいは乗れますから。さあ……」

「有難う、借りておくよ」

柾次郎はそれを懐に入れるや、がっちりとした太い腕で綾を引き寄せた。

「生きて、いつか返しに来る」

「そう、何としても生きて、返しに来てね」

強く抱きしめられて、綾は目を閉じ、木の香のする男の匂いを深く吸い込んだ。

そして一瞬の陶酔を振り切って、言った。

「さあ、行って！　町木戸が閉まらないうちに」

「まだ名前を聞いてなかったな」

「綾……この篠屋の女中です」

「綾さんか」

と何度も頷き、

「いつか……嫁入り箪笥を作らせてもらいてえな」

と呟(つぶや)いたのが最後の会話になった。

柾次郎は一度も振り向くことなく、闇に消えて行った。


母屋にもどると、もう大田黒一家の姿はなかった。

代わりに、棒や竿を手にひと暴れしようと集まった若い船頭らが、二十人近くたむろしていた。

千吉と磯次が、事情を知って近所からかり集めたのだった。それを見て、大田黒一家は逃げ出したという。

下駄箱の雪駄は〝見せ下駄〟で、こんな非常時のために、お簾が考えた出したものである。二階には、酔いつぶれた近所のご隠居が、大きな鼾(いびき)をかいていただけだ。

(なにが〝夜もすがら〟かしら!)

その夜、床(とこ)に就いてから、搔巻(かいまき)を被(かぶ)って綾は思った。

とうに真夜中を過ぎた時分で、お波はすぐに鼾をかき始めたが、綾はまたあれこれ考え始め、全身が溶けそうに疲れきっているのに眠れなかった。

〝夜もすがら〟の艶めかしさに誘われて、ついうかうか外に出たのが運の尽き、思いがけずとんでもない災難を拾ってしまったものだ。何て恐ろしい夜……。

と思いつつ、いや、そうだろうかと考え直す。

こんな事件でもなければ、あのような腕の良い、木の匂いのする簞笥職人と、一生会うこともなかったのではないかしら。

柾次郎は無事に、采女原まで辿り着いただろうか。

猫を運ぶのを父親のせいにしているが、本当は無類の猫好きに違いなかった。〝わけの分からぬ男〟とキメつけている父親をも、たぶん心から愛し、尊敬しているのだろう。

あの人は猫を預けたら、きっと自首するに違いないと思う。理を訴え、何としてでもこの難関をくぐり抜け、生きて欲しかった。お裁きにも、情や道理があるはずだ。柾次郎の、まっすぐな職人魂を分かってくれるお方もいるに違いない。

ええ、この道、きっと抜けられますとも。遠島でも何でもいい、生き抜いてまたこの娑婆(しゃば)の土を踏んでください。

「晴れて会う日を待乳山……」

と、歌詞を少し変えて胸の中で唄いつつ、いつまでも柾次郎のことを想い巡らす綾だった。

第三話　誰かに似た人

一

もうすぐ二月も終わりという、雨の夕まぐれ。

綾は足駄(あしだ)掛けで番傘をさし、両国辺の水路にかかる橋を渡りかけて、ふと足を止めた。傘を打つ柔らかな雨音に混じって、カタカタカタ……と下駄(げた)の音が聞こえたのだ。

斜めにさしていた傘を上げると、ゆるやかなお太鼓橋(たいこばし)の天辺(てっぺん)から、小さな女の子が下りて来る。

左手に大きな傘を持ち、右手で犬の紐(ひも)を引いていた。

（あら、こんな雨の中こんな子が……）

と思いつつ横にのき、道を譲って、ハッと目を見張った。

正面下方からは小娘に見えたが、角度が変わって横から見ると、急に腰が斜めに曲がった老女に変身したのだ。

ただの目の錯覚だったが、何だか化かされたような気がした。

傘の下からこちらを見たのは、近くの料亭『柚子亭（ゆずてい）』の老おかみだった。毎日のように犬を散歩させている。

今引いているのも、いつもの薄茶色の柴犬だ。

「こんにちは」

と声をかけても返事はない。

こちらを見もせずに、無言で、犬に引かれるように通り過ぎて行く。

道で会っても、挨拶しないのは毎度のことで、その付き合いの悪さは界隈では有名である。

町内会費が滞（とどこお）ることはないが、寄付はしない。町内の祭礼などでは、最低限の決められた額しか出さない。草むしりや清掃などの共同の労役にも、一人しか出さない。

そんなこんなで町の評判はあまり良くなく、本名のお椙（すぎ）と呼ばれるより、〝柚子婆〟の方が通りが良かった。

それでも一目（いちもく）置かれているのは、柚子亭が、柳橋が開かれて以来の老舗（しにせ）で、常連客に幕府高官が多かったからだ。

大川に面しているが、船着場は川から引き込んだ水路にあり、水と緑に囲まれた古風な佇まいが愛されているのだろう。柚子亭は、今も繁昌し続けているらしい。

このお婆、人化かしの達人だ……と綾は複雑な思いで、去って行くお梢と犬を見送った。

たまたまその〝柚子婆〟の噂を耳にしたのは、そんな姿を見てから数日後のことだった。

「……柚子婆ん所に、このごろ、見慣れないお侍が寝泊まりしてるみたいよ。用心棒を雇ったんじゃないかね」

そうお簾にご注進したのは、例によって『花之井』のお蔦である。

綾はまた例によって、襖の陰に佇んで、聞くともなしにその話を聞いてしまった。

「でさ、通りがかりにお梢さんに訊いてみたんだけど、ほらあの性分でしょ、何にも言わないで行っちまうのさ」

花之井は柚子亭と隣り合っているから、何かと気になるらしく、他の場所では知り得ない情報を運んでくる。

それによれば、旅籠でもないのに、四、五日前から離れに誰か客人が逗留しているらしい。三十前後の武士で、よく庭で素振りなどしていたから、深酒して帰りそびれた客ではないようだと。

「ふーん、あの家は大構えだからねえ」

お簾はいつもながら、ふーんと聞き流している。そんな噂話は毎度のことなので、今回もさして興味がないふうだった。

だが立ち聞きの綾には、ああ、あれか……と思い当たるふしがあった。つい二、三日前、たまたま柚子亭を訪ねる用があり、その時にそれらしき男を見かけたのだ。

柚子亭を訪ねた用とは、口にするのも馬鹿らしい些細なことである。

その朝、仲居のお波が二階を掃除している最中に、窓からゴミを捨てたというのだ。すると下から、声が聞こえた。

「おやおや、これが篠屋さんちの雨かね……」

見下ろすと、柚子婆が通りかかっていたという。

その話をお波は肩をすくめ、笑って言ったのだ。

「えっ、二階からゴミを捨てたって？」

聞いていたお孝が、すごい剣幕で怒鳴った。

「冗談だろ。あんたももう二十歳を過ぎてんだよ、ちゃんと謝ったね？」

「そりゃ、一応は」

「一応って、どうさ」

「ごめーん、だったかな」

「ごめーんだって？」

お孝はその萎んだ顔に、怒気を漲らせていた。

「お帳場に知れたら大目玉だ。ちょいと一走りして謝っておいで」

「えーっ、どうしてェ？」

とお波は黄色い声を響かせる。

「頭の上にお饅頭が降ったわけじゃなし、おセンべの欠片かなんかが散っただけですよう。ツたく、おばさんは大げさなんだから。ちゃんと謝ったんだからいいじゃない。二度もあのお婆に謝るなんて、勘弁してくださいよう」

言い捨てるなり、足音高く、二階に上って行ってしまった。

梅干でも口に入れたようなお孝のしかめ面を見て、綾は思わず笑う。

「あら、綾さん、これが笑えるの。あたしゃ笑えないよ。うちも年ごろの娘がいるけど、どうすりゃああなるんだい」

と、そばで山のような洗濯物を畳んでいるお民を見やった。

この娘は、兄の千吉と違って無口で、いつも古びた黄八丈(きはちじょう)を身にまとい、母親似の地味な娘だった。

「ま、うちの娘はお盆に目鼻だけど、あの子は、あれだけの器量良しでしょ。心掛け一つで、いくらでも出世できるのに。天は二物(にぶつ)を与えずかねえ」

お波は、篠屋の看板娘だったのだ。

色が白く、人形のように目鼻立ちの整った美人である。

髪を串巻きにキリリと結い上げ、夏などはお仕着せの紺絣(こんがすり)の着物を、無断で派手な模様の浴衣(ゆかた)に替え、赤い襷(たすき)と赤い前垂れで、愛嬌を振り撒きながら客にお盆を運んで行く。

だがそこに、〝おぼこ娘〟らしい初々(ういうい)しさがほとんどない。お波を追いかけて揉め事を起こす男はいても、篠屋の男衆にはとんと人気がない。

お孝が溜息をつくのを聞いて、

「おばさん、私が行ってきます。すぐそこですから」

と、綾は申し出た。

本当は、外の空気が吸いたかったのだ。この厨房では、些細なことでの小競り合いばかりで、気がクサクサする。

それに柚子亭は、深夜の宿泊客を回してくれる、貴重なお得意先ではないか。この町は料亭、船宿、芸妓が持ちつ持たれつで、どこが欠けてもいけないのだと、最近分かってきた。

「それがいいよ。ああ、これを持ってお行き」

お孝は、篠屋に届いたばかりのリンゴを五個選んで、綾の前垂れに入れてくれた。

綾はそれを大事に包んだまま、いそいそと家を出た。

外に出るとほっとする。

空気は冷んやりして、川の匂いがした。川には猪牙舟（ちょきぶね）が、掛け声をかけて上り下りし、橋を大勢の人が下駄の音を響かせて渡り、町は動いていると実感出来た。

柚子亭は黒塀で囲われていて、庭は風流な茶庭にしつらえられている。二階建てで川に向かって大きな出窓があり、古いが風格があった。

綾は正面から入らずに、裏木戸に回ったのだが……。

木戸を押そうとした時、向こうから開いて、勢いよく出て来た男がいた。ぶつかりそうで慌てて身を引いた拍子に、前垂れを押さえていた片手が離れ、リンゴが二つばかり転がり落ちた。

するとこの大男は、目にも止まらぬ早技で、

「おっとっとっと……」

と二個を同時に両手で受け止め、それを元の前垂に戻したのである。

綾は度肝を抜かれて突っ立っていたが、男はチラッと見ただけで、無言のまま早足で出て行った。

色黒の面長で、少しちぢれ気味の総髪をひとつに束ね、粗末なたっつけ袴、くたびれた黒縮緬の無紋の羽織の下に、大小を差し……。

背が高く、怒り肩を少し寒そうにすぼめていたが、肩や腕にはしっかり筋肉がつき、機敏そうに見えた。

すれ違った時、微かに酒の匂いがした。

お客様ではなさそうだが……とその時、後ろ姿を見送って綾は訝しんだ。と同時に、濃い眉の辺りに苦渋が宿っているようなその顔は、何となく瞼に残っている。

それから勝手口でお梠に、篠屋の仲居の不手際を詫びて、リンゴを差し出した。お梠はニコリともせず受け取ったが、細い目が少し和らいだように見え、皆が言うほどに根性は悪くないと感じたものだ。

それはともかく、お蔦が噂しているのは、あのリンゴを拾ってくれた武士に違いない、と綾は思った。

二

篠屋の軒に〝柊鰯〟が飾られた。

軒飾りに柊鰯が、玄関の床飾りには鬼の面が、一年ぶりのお出ましとなる。

篠屋では例年、節分の夜には、お客に豆を撒いてもらう〝鬼やらい〟の余興を行う。

「鬼は外、福は内」

と表玄関や二階の窓から、大声で叫んで豆を撒くだけだが、意外にこれが縁起がいいとされ客に喜ばれた。

また今年は綾の発案で、少量の鬼打ち豆を紙の小袋に入れ、節分土産にお持ち帰り頂くことになっている。紙袋の表には〝大吉〟、裏には〝篠屋〟のハンコを捺せば、多少の宣伝になるだろうと。

そんな二月二日の午後、お孝がせっせと炒った大豆を、綾とお民が、捺印済みの紙袋に少しずつ詰めていた。

そんな時だった。早朝に出て行ったきりの千吉が、あたふたと帰って来たのは。

「……日本橋の魚河岸にある伊勢屋（いせや）って、でっけえ海産物問屋、皆、知ってるよな」

千吉は、湯冷ましを茶碗に注ぎゴクゴクと呑み干して言った。

「ああ、あそこは按針町（あんじんちょう）だ」

伊勢屋と聞いて間髪容（かんはつい）れずに答えたのは、包丁を握って野菜を刻んでいたいた薪三郎だった。

「あそこは、よく仕入れに行くんだよ」

朝、あの辺りを歩くと、俎板（まないた）の上で魚を叩く大包丁の音が、外まで聞こえるのだという。

「威勢がいいからイセ屋って感じだ、あの音を聞くのはいい気分さ」

と薪三郎は俎板で包丁を叩いてみせる。

「で、伊勢屋がどうしたって？」

「攘夷（じょうい）の押し込みにやられた」

「ひえっ、それを早く言いなって」

と皆が異口同音に言った。

最近、押し込み強盗の噂を聞くのは珍しくないのだが、そう身近で起こる話ではなかったのである。

ところが伊勢屋は、毎夕、御用聞きが篠屋にやって来て注文を取り、翌朝きっちり届けてくる店だった。薪三郎は御用聞き任せにせず、自ら仕込みに行くこともあって、顔見知りが多かった。

その伊勢屋が昨夜、数人の屈強な男に押し込まれて、

「ご承知のように、攘夷決行には多額な軍用金を必要とする。今宵は我ら、その金策に参った。手荒なことは致さぬから、千両の金を貸して貰いたい」

と強引に迫られたという。

だが主人は手近な金庫にあった二十両を差し出し、

「この時節、千両などとても揃いません。お返し頂かなくて結構だから、これでご勘弁願いたい」

と突っぱねた。

店では、腕の立つ剣客を用心棒に雇っている上、血の気の多い若い衆が、毎晩泊まり込んでいたのだ。敵は攘夷を装ったただの強盗、主人はみすみす金を渡す気など無く、強気だった。

「こんなはした金で、天下のことが出来ると思うか、斬れ！」

と賊の首領格は、いきなりそばにいた若衆を袈裟懸けに斬りつけた。それを合図に壮絶な修羅場になり、若衆は即死し、用心棒も肩に傷を負った。賊側も一人斬られ、賊はその金を奪って引き上げたという。

さすがに用心棒は傷を負いながらも、血を流して苦しんでいる敵を拷問し、一つの証言を得たらしい。

盗賊の首領格は、〝才谷梅太郎〟と名乗る上方訛りの浪人であり、自分は賭場でその男に誘われ、仲間になっただけ……と。

奉行所はすぐに動いた。

最近は、尊攘強盗や、異人の暗殺が激増しているため、隠密を盛り場などに張り込ませ、情報を取っていたのである。

調べてみると、才谷と思しき浪人に関する噂はすでに上がっていた。最近あちこちに出没し、少なからぬ攘夷金をせしめているという。

この一報を得て、朝には捕手が賭場に踏み込んだ。そこで、才谷が柚子亭に居候していることが突き止められたという。

「……てなわけで、すぐあの柚子婆んとこに踏み込んだ。それまで居候してた男は逃げた後だったが、名前は才谷と分かって、もう手配されたらしい」

綾は驚きで息が詰まり、袋詰めの手は止まってしまった。リンゴを器用に受け止めたあの人が、凶悪な攘夷強盗だったとは……。

「じゃ、その人、サイタニウメタロウって名前なのね？」

「そう、どうやら北辰一刀流（ほくしんいっとうりゅう）の使い手らしい」

「でもあの人付き合いの悪いお椙さんが、なぜそんな人を家に置いたのかしら？」

「じつはそこがどうも謎なんだ」

と千吉は腕を組んだ。

「どうも分からねえんで、今日は才谷がらみで、駆けずり回ってきた。あの按針町は縄張りじゃねえが、柚子亭はおいらの縄張りだ。放っちゃおけねえよな」

柚子亭には、日ごろから手なずけている留吉（とめきち）という下足番がいた。夜警も兼任しており、起きるのが昼過ぎと知っていたから、店近くの裏店（うらだな）まで押しかけて叩き起こしたのである。

「留さんの話じゃ、どうやら才谷梅太郎は、脱藩してあちこち放浪して江戸に入り、柚子亭に転がり込んだらしい」

千吉の説明に、綾が首を傾げた。

「でも、どうして柚子亭に？」

「そこを知りたくてさ。口入屋の用心棒の募集でも見たのかと、おいらは思った。ところが、そんな事実はねえようだ。それで留吉に話を聞いたんだが、ぶっ飛んだよ。口利きしたのはだれだと思う？」

「え、だれよ」

「あの勝安房守様だってさ」

「勝……」

どこかで聞いたような名だと思った。

「ほれ、勝海舟さんだよ」

「……」

それで思い出した。勝ナントカという名を綾が知っているのは、『咸臨丸』の艦長として、江戸湾の向こうに広がる大海原を初めて横断した人だからだ。その人はアメリカ国のサンフランシスコまで渡った偉人として、耳に収まっていた。

「なぜそんな偉い人の名前がここに出てくるの？」

「ここが柳橋だからだ。勝様はたしか軍艦奉行か何かだろう。そんなお武家様が、柳橋を素通りってことはねえんだよ」

ああ、そうか、と思った。ここが江戸一番の花街と思えば、なるほどそう突飛な話でもないのである。

老舗の柚子亭の客筋には、幕府高官が多いと聞いている。

件（くだん）の勝安房守は、下戸（げこ）と伝わっているが、若い時分はよく柳橋で遊んでいたというのだ。

「へえ、そうなの」

といつの間にかお孝や薪三郎まで耳を傾け、驚いている。

「それだけじゃねえ、留さんの話で驚いたのはね、あのヘソ曲がりの柚子婆が、あのお奉行様と、幼馴染みだったんだとさ」

「へえ！」

とこれには皆が驚嘆した。

「まあ、幼馴染みったっていろいろある。たぶん顔を見知ってた程度のことだと思うけどね」

「しかし、柚子婆も昔からお婆だったわけじゃねえぞ、腰も伸びてたし、何か訳ありだったかもしれんよ」

と薪三郎が混ぜ返す。

そもそも安房守の生まれは、大川を隔てた本所亀沢（かめさわ）だという。

生まれた本所の家は、父親小吉の実家だったそうで、すぐに一家は他へ引っ越した。だがその実家が男谷流剣術道場だったため、勝少年は剣術修行のため、成人するまで道場に通って励んだという。

たまたまその実家の目と鼻の先に、柚子亭の寮（別宅）があって、お椙は娘時代、そこで育ったという。

また勝安房守は酒呑みではないが、艶めかしい柳橋を素通りするような野暮天でもなく、若い時分はそこそこ足を運んだと。

宴会嫌いとも伝えられるが、招ばれれば、断りきれない付き合い酒もある。そんな時は口直しに、柚子亭に顔を出したらしい。

「歯に衣着せぬってのかな。お婆はお喋りじゃねえが、たまの辛口が、勝様のお気に召したそうだぜ」

「へえ」

「もっともここ何年かは、政に忙しくて、お運びは数えるほどしかなかったらしいけどね」

綾は心底驚いていた。

あの、人化かしのお婆が、咸臨丸の安房守様と幼馴染みだったとは。

ひとは見掛けによらないものと思う。そのお方の口利きであれば、あの潔癖なお婆も承諾するだろう。だが……。

「そのたまにしかお見えにならないお方が、どういうわけで柚子亭の用心棒に、才谷ナントカを紹介したのかしら」

すっかり興味を唆られた綾に、千吉は押され気味だった。

「いや、うーん、そこらはまだ調べちゃいねえんだけど……」

三

「よくそこまで調べたじゃないか」

と突然、背後から口を挟んだ者がいた。お簾である。

皆はびっくりして凍りついた。いつの間にか帳場から出て来て、物陰で聴いていたらしい。

「まあ、あの勝様が、本所の生まれってことは、この辺りじゃ、誰も知ってることだけどね」

「…………」

「その道場の近くに、柚子亭の寮があるってことまでは、なかなか知らないよ」

「じゃ、やっぱり二人は幼馴染みなんですね」

皮肉と感じてか、千吉が具合悪そうに言った。

「そう。お椙さんは身体が弱かったんで、娘時代はずっと本所の寮で暮らしたって聞いたことがある。だからお互い、顔ぐらい知っててもおかしくない。その勝安房守ってお方、若い時分から、なかなか男前だったみたいでね……」

「おかみさん、一ついいですか」

千吉が下っ引らしく訊いた。

「柚子婆は柚子亭のおかみで、ご長男の源蔵(げんぞう)さんが、事実上の店の主人だろ。じゃ、お婆の旦那はどうなったんです」

「ご亭主は、確か常吉(つねきち)さんていったかしら。一番番頭をしていて、渋い男前だったらしいね。でもいつ所帯を持ったのか、いつ祝言あげたのか、誰も知らない。いずれ柚子亭の主人になるはずだったけど、夫婦仲は、あまり良くなかったみたいでねえ」

とお簾は、今まで誰にも一言も洩らさなかったことを、口にした。

「噂じゃ、お椙さんがあの性分だもの、ご亭主も逃げ出したんじゃないかって……。

でもあたしに言わせりゃ、初めから正式じゃなくて、いずれ手切れ金で出される人だったんじゃないか。常吉さんは何年前だったか、急に柚子亭から消えたんだよ」

ひとしきり喋ると、お簾は手を叩いた。

「さあ、みんな、このぐらいにしておくれ。強盗の噂なんかで手ェ止めてるのは時間の無駄、商売上がったりだよ！　さあさあ、持ち場に戻って戻って！」


その夜、綾はいろいろ考えてしばらく眠れなかった。

あの慎重な柚子婆が、素性も知れぬ人物に部屋を提供した。それも、有名な勝安房守の口利きだったとあれば、事情は解ける。

だがその勝というお武家は、何故あんな人物を紹介したのか。あの攘夷押し込みと、何か関わりがあるのか。

お楯はその点で、奉行所から厳しく事情を追及されるに違いない。

今ごろは、おそらく大変な思いをしているのではないかと思うと、今までにない同情を覚えた。


翌朝、千吉は茶漬けをかき込むや、また忙しそうに飛び出して行った。

それから御用聞きや、配達人の口から二、三の噂が入ったが、やはり千吉に聞かないと、〝群盲象（ぐんもうぞう）を撫ず〟式で、全容が摑（つか）めない。

その帰りを心待ちにしていると、午後になって、思いがけず易者の閻魔堂大膳がフラリと顔を出したのである。

「まあ、この時間にお珍しいこと」

と、お簾が髪を撫でつけながらにこやかに出て来ると、

「いや、おかみさん、今日は客じゃありませんでな」

と手を振った。

「あら、どうなさいました」

「これから両国橋まで出向く途中なんだが、ちと用を思い出しました。千吉はおりますかな、確かめたいことがある……」

気取っているが、どうやら今度の伊勢屋事件のことで来たのは見え見えだ。

というのも、御用聞き達の話では、この易者が今度の事件を一（ひと）月前に予言したと、巷（ちまた）では評判になっているそうなのだ。

受難の伊勢屋は、閻魔堂の占いを聞いてから、これまでの用心棒を屈強な剣豪に替えたのだとさえ言う。

「まあ、先生、千吉はすぐに戻りますから、どうぞこちらでお休み遊ばしてな」

閻魔堂嫌いのはずのお簾が、猫撫で声で、易者を帳場に引き入れたのである。綾がお茶を運んで行った時、お簾はしきりにその予言を話題にしていた。

「いやいや、予言なんぞじゃありませんよ、おかみ。わしはただ、卦を申しただけでな」

と閻魔堂はのらくら煙に巻く。

「それ、どんな卦なんですか」

「うむ、それは水山蹇と申して、逆境の卦でしてな」

と、顎の白毛混じりの髭を撫でる。

長い間延びした顔、瞼の下がった眠そうな目、着物と同じ茶色の利休帽。どうにもパッとしない風体だが、どこかしら二枚腰で、侮れぬものがあるのだった。

〝天変地異〟や〝幕府滅亡〟など、物騒な預言をして世間を惑わしたとされ、何度も伝馬牢の厄介になったから、千吉とは気易い関係にある。

実は綾は、誰にも言ってないが、この易者に一度だけ見てもらったことがあった。忘れもしない、職探しで両国界隈を歩き廻った去年の秋のことだ。

どこへ行っても条件が悪く、気落ちしていた。そんな時、橋の袂の易台に揺らぐ、〝閻魔堂〟という提灯が目に入った。

綾はふらふらと寄って行き、手を差し出した。

「占ってください。私、奉公先を捜してますが、見つかりますか」

その時、易者が示した卦を、綾は今も忘れていない。

〝水雷屯(すいらいちゅん)〟というのが、その時の卦である。

「内面に生命力を持ちながら、新しいものを生み出せぬ苦難の時。短慮を避け、流れに添うて見よ」

と解説された。

そして最後に、眠そうな目を上げて言ったのだ。

「ま、老婆心ながら、この道を下った矢之倉町に、古い口入屋(くちいれや)がある。運試しに行ってごらん。わしより当たるかもしれん」

「やっ、先生、おいらも話してえことがあるんだ」

やがて帰って来た千吉が帳場に上がり込み、座が急に盛り上がった。

綾は、客の出入りで立ったり座ったりだったが、用が済むとつい帳場に戻って来てしまう。

切れぎれな会話をつなぎ合わすと、およそのことが分かった。

閻魔堂が確かめたかったのは、〝才谷梅太郎〟の名前だったのだ。

この界隈について知らぬことのないこの易者によれば、それはある人物の偽名だと言う。

その偽名を使っているのは〝坂本龍馬〟なる男で、おそらくお婆とは知り合いだろうと言う。

「サカモトリョウマって、何してる人です？」

お客の来訪に、立ち上がりながらお簾が訊いた。

「ふむ、説明すると長くなるが……土佐藩の脱藩浪士で、尊王攘夷を唱えて、先頭に立って倒幕運動をしてますな」

「じゃ才谷が偽名で、本名はサカモトか。つまりそのサカモトが、押し込みやって討幕の資金稼ぎをしたわけですね」

と千吉が訊く。

「馬鹿、そうじゃねえから、わしがここに来たんじゃねえか」

お簾が出て行くと、急に閻魔堂は砕けた口調になった。

「いいかね、坂本龍馬は今、江戸にいるはずはねえんだよ。十年くらい前に土佐から剣術修行で出て来て、北辰一刀流を免許皆伝し、土佐に帰った若者だ」

「先生が、なぜそんな土佐の人を知ってるんで？」

「脱藩してまた江戸に戻り、勝安房守の門下生となったからだ。それが五年前のことで、龍馬二十五、六の時だった。わしはそのころ、龍馬の知遇を得て親しくなったんだよ」

「顔が広いんだねえ」

「当たり前さ。一日、何人の人と会うか……。そうそう、それから京でも二、三回会っておる。その時は、あの御仁、ずいぶん逞しゅうなっておったねえ。見違えるほどの、筋金入りの志士になっておったわい」

「その人、才谷の偽名を使ったのは、いつからです？」

「京で、すでに才谷の名で、薩摩、長州と飛び回っておったようだ。そんなわけで、江戸で呑気に銭稼ぎやってる場合じゃねえんだ。そのことをぜひ、奉行所のお偉い役人に、お前から伝えてほしい」

「しかし、資金稼ぎも大切ですよ。一稼ぎしに、船でひょいとやって来ねえとも限られねえんじゃ……」

「いや、限る。有りえんな」

きっぱりと閻魔堂は言った。

「お前ら江戸者は知らんが、あまたの勤皇の志士の中で、坂本龍馬は、五本の指に数えられる大物だ。どうしてかって？　幕府が、目の色変えて命を狙っておるからよ」

綾はふと不思議に思った。この閻魔堂、〝お前ら江戸者は……〟などと言うところを見ると、この人は江戸者じゃないのだろうか。

「それにあんなはした金で、左様な危険な敵地に身を晒すとは、到底思えん。あの龍馬なら、大名相手に強請る男よ」

「すると、あの〝才谷〟は、坂本龍馬ではないってことですね。それなら、どうして安房守様が、柚子婆に口利きなんかしたんでしょう？」

思わず綾が口を挟んだ。

「いい質問だ。問題はそこだろう。安房守様の口利きってのが、今後厄介になるぞ」

「おいらの話したいことって、実はそこなんでさ」

と、そこで千吉が引き取った。

「柚子婆が、奉行所の吟味方から、呼び出しを受けたそうで」

「え、本当？」

「今朝、役人が聞き込みに来たらしいんだが、その〝安房守様がらみ〟が引っかかって、呼び出されたらしい」

「まっ、そうなの？」

　お簾が戻って来て、声を上げた。

「じゃ、今ごろは奉行所で……」

「そうですよ、冷や汗かいてますよ」

「ふーん、しかし、何か裏がありそうだな」

　と閻魔堂はなにか考えるふうに、髭をしごいた。

「才谷なんて、普通の江戸者なら知らねえ名前だ。それを賊は知っておった。そこが妙だ。罠か……うん、罠としか思えん。千吉よ、まずは念のためだがな。その偽才谷の右手にケガがあったかどうか、賭場でもどこでも行って、調べておいた方がいい」

「龍馬さんは、手にケガがあるってわけね」

　とお簾は呟き、そこで玄関に客の声がして、また立ち上がる。出て行きかけてふと振り返った。

「そうそう先生、もしかして〝歳男〟じゃありません？」

「おや、失敬な。わしは還暦まで、まだ三つありますぞ、その時は盛大に豆を撒かせて貰いますがね」

　お簾は肩をすくめて、出て行く。

閻魔堂も続いて立ち上がった。

「先生……」

綾が引き留めた。

「実は私、その賊……つまり才谷って人を見てるんです」

「ん……？」

と閻魔堂は沈黙し、綾を見つめた。綾はかいつまんで、先日柚子亭で見たことを話した。

「ふーむ、リンゴを二つ……。その時、左右の手指に傷はあったか？」

「いえ」

綾はゆっくり首を振った。

大きく広げたゴツゴツした両手が、はっきりと目に浮かんだが、傷などはそのどこにも見当たらなかった。

「たぶん……なかったと思います」

「なるほど。坂本は、左手の親指と人差し指に損傷があるし、右手親指も動かんはずだ。リンゴを二つ同時に摑む芸当は……流石（さすが）のあの剣客でも、難しかろう」

と閻魔堂は、綾の肩を叩いた。

「綾さん、よく言った。これで賊は、偽才谷だと確定した。千吉、このことを、お上にきっちり分からせるんだぞ」

閻魔堂と入れ代わりに入って来た客は、水戸藩邸の若い勘定方だ。

明日の宴席に決めてある芸妓を巡って、またも申し入れである。

芸を重んじる謹厳な上司は、いつも柳橋でも音曲では一、二を争う年輩の芸妓を指名する。だがその上司が急に欠席になったので、

「芸はほどほどで結構だから、若くて色気のある美人芸妓を、もう一人呼んでもらえないか」

とその役人は、大真面目な顔で言った。

「ほほほ、よく心得ましてございます」

とお簾はにこやかに笑って請け負った。

「綾さーん、花沢屋まで一走りして……」

お簾が二階から下りて来ると、その声が襲ってくる。

綾は夕闇の漂い始めた町へと、前垂れも取らずに走り出る。

飲食店が軒を接し、排気窓から食べ物の匂いが流れる裏道を、小走りで抜けて行っ

た。先方に取り次いで、了承を得ると、もう真っ暗になった同じ道を帰って来る。

帳場に駆け込んでお簾に伝え、厨房に戻ると、竈にはもうもうと湯気が上り、薪三郎が蒸物の具合を見ている。お孝は、不器用なお民を叱咤しながら、器に盛りつけていた。

千吉は一人離れ、どこかへ出かけるふうで、湯冷ましを飲んでいた。

「……。大変なことになりそうだな」

綾を見ると、身仕舞いを正しながら言う。

「おいら、これから亥之吉親分に会って来る。安房守様があの攘夷強盗の背後にいる、ってな話が広がると、これは切腹もんだぜ……」

四

お梠はこの日の午後に出頭し、吟味方与力の厳重な調べを受けた。

だが申し開きに不明瞭な点があるに付き、そのまま留め置かれたというのだ。

その内容が伝わったのは、翌日になってからである。

立ち会った同心から、千吉が聞き出した話によると——。

お榀は黒羽二重の五つ紋の羽織を身につけ、床に這いつくばるような姿勢で、訊問に臨んだらしい。

態度は落ち着いていて、普段と変わりなかった。

掛かり与力に真っ先に訊かれたのは、〝才谷梅太郎の、柚子亭六日間の逗留〟の真偽だが、お榀はそれをあっさり認めた。

その者が押し込みを企んでいたとはつゆ知らず、うかうか宿泊させた自らの不明を詫びたという。

才谷と面識があったかどうかについては、「なかった」と答えた。

お榀はただ、用心棒を探していたのだと言った。

特に口入屋に頼んだわけではないが、誰か相応しい者はいないかと、人に会うたび、いつも口にしていたと。

そんな時に才谷と名乗る浪人が訪ねて来たので、気が動き、しばらく目見え（お試し）で家に置いてみようと思って、泊めたのだと。

〝勝安房守の口利き〟について訊かれ、きっぱりと否定した。

ただ勝安房守とは、生家が同じ本所だったことから、古くから顔は見知っていたと説明した。そんな縁から、柚子亭の客として足を運んでくれたこともあったと。

だが何ぶんにも安房守は下戸だから、来店も数えるほどで、最近は途絶えていた。だから料亭の客とおかみの関係を越えることはなく、口利きするような気安い関係にはなかったと言明した。

確かにここ四、五年、勝は、寝食を忘れて政務に奔走していたから、それどころではなかったはずで、与力もその点は納得し、吟味は順調に進んだ。

だが、急転回したのは、この掛かり役が一通の書付を見せた時からだった。

「この出所について、有り体に申し立てを致せ」

「これは……?」

と言ったきり、お梢は絶句してじっと見入っていた。

なぜかその顔色が真っ青になっており、その紙を持つ手が、わなわなと震えていたらしい。

それは半紙半枚ほどの書付で、ごく短い一文が、すこし掠れた達筆で書かれている。

〝柚子亭お梢どの　この文を持参する者に、一宿一飯を頼み申す。詳細は後ほど。

正月七日

勝麟太郎〟

その後には〝海舟〟の雅印が捺されていた。

これはどういうことか。

勝がお椙に対し、この手紙を持参した才谷の〝世話〟を頼んだものと考えて、間違いなさそうだった。

「おかみ、そなたは今回、才谷梅太郎からこの文（ふみ）を受け取ったな。それがために、見も知らぬ才谷を、泊める事にしたのであろう」

とお掛かりは決めつけた。

「とんでもございませんよ、お武家様。恐れながらお役人様……」

とお椙は動揺して言い直し、顫（ふる）える声を励まして続けた。

「私は今度のことで、このような偉いお方から、このような文を、一通たりとも受けとっちゃおりません」

「偽りを申さず、有り体の申し立てを致せ。この筆跡と印は共に、本物であると、すでに調べ済みである」

「馬鹿におしでない！」

と一瞬はいきりたち、自分よりはるかに若い与力を一喝（いっかつ）したが、すぐに態度を改めた。

「この婆が、いまさら偽りなんぞ申してどうしますかえ。腰が曲がった分だけ、他人様より足元が見えておりますでな」

とすぐに笑みを浮かべて頭を下げたという。

「でも本人が受け取っていないものを、どこのどなたが、どこで見つけなすったんでしょうか。そちらをお訊きしとうございますよ」

「それは、柚子亭の家捜しで見つけられた、重要な証拠だ。掛かりの報告では、そなたの手文庫から見つけたそうだぞ」

「…………」

「いいかね、おかみ、誰かを庇いだて致すと為にならんぞ。早く柳橋に帰りたければ、有り体に申し述べることだ」

諭すような与力の言葉を、お梢は青ざめて聞いていたが、顔は薄っすら笑っていたと。

おそらくやっと気づいたのだろう。

すべての不具合が差し示す方向に、勝安房守がいることに。これがこのまま認められれば、窮地に陥れられる人物は自分ではなく、勝本人である。

これは仕組まれた罠であり、自分は嵌められたのだと。

軍艦奉行の勝安房守という幕府高官が、才谷なる過激な攘夷浪士を柚子亭の奥に匿った。その金策と称する〝押し込み強盗〟の準備に、お梠は陰で手を貸したことになる。

今こうした騒動を起こすことは、政情不安の江戸を騒がせ、徳川幕府の勢力を衰退に向かわせる、有効な攪乱（かくらん）戦法である。

すでにその戦法を試みている藩が、他ならぬ薩摩藩だった。

続発する押し込み強盗の中に、明らかに薩摩藩士としか思えぬ整然たる盗賊団があり、それを江戸町民は〝薩摩強盗〟と呼んでいるのだ。

さらにまた、勝安房守には敵が多かった。

幕臣でありながら倒幕派の坂本某と子弟関係を結んでいること。

敵将西郷隆盛（さいごうたかもり）らとも交流があること。

内戦は避けるべきだという主張。

そのすべてが、幕閣や強硬派の幕臣から憎まれていた。

勝は、どちらにもいい顔して自己保身を図る〝二股膏薬（ふたまたこうやく）〟の佞奸（ねいかん）なり、敵の回し者で、幕府にとって目の上の悪性のたんこぶだ……と。

そんな背景の中で、何とか勝を陥れ抹殺しようとする陰謀が、数多く謀（はか）られていたのである。

「私がもし酒呑みだったら、酔った隙を狙われ、とうに葬られてるよ」

と本人もそれを承知していたらしい。


「この手紙に、納得のいく申し立てがない限り、今日は帰れんぞ。それとも、いよいよ安房守殿にご足労願って、ご本人から申し開きを聞かせてもらおうか」

「いえ、どうかそれはご勘弁くださいまし。この私がどうなったとて構いませんが、つまらぬことで、ご多忙の先生を煩（わずら）わせるのは、天下の損失……」

「しからばどうする」

すると床を見つめてじっと考えていたお楫は、おもむろに顔を上げ、口を開いた。

「お役人様、この婆のため、一つお願いがございます。今、柚子亭を仕切っているのは、倅（せがれ）の源蔵でございます。この者にお命じ頂いて、私が古くから使っている〝控え帳〟を持って来させてくださいまし」

「控え帳、とな？」

「そうお申し付けくだされば、分かります。私もトシで少々耄碌（もうろく）しておりますゆえ、確かめてから申し上げたく存じますので」

「しかし……」

「いえ、念のため申し上げますが、控え帳に、私が細工する余地はございません。先にそちら様でお改めの上、次のご吟味の時にお渡し頂くのですから……」

それが了承されて、今日の調べは終わったという。

五

翌日は、朝からお梠の訊問が続けられた。

お梠は、掛かり与力から渡された〝控え帳〟をしばらくめくっていたが、ある丁を開き、珍しくにっこりして頭を上げた。

「ああ、やっと思い出しましてございます」

「…………」

「お役人様、私は父・七代目柚子亭主人に、几帳面を叩き込まれましたのです。商人になるなら、どんな書状も書付もなおざりにしてはならん、のちに必要になることもあるからと、何であれすべてをこの〝控え帳〟に記して参りました。ご覧くださいませ」

と手にした帳面を差し出した。

それには受け取った書状の差出人と、日付、概略が、丁寧に印されている。開いたその丁には、〝文久三年一月〟に〝勝麟太郎より文〟として、短い文がほぼそのまま書写されている。

その内容は、昨日見せた、あの手紙の内容と同じだった。

じっとそれを見つめていた与力は、腑に落ちぬ顔を上げた。

「しかし、一体どういうことだ。これは、如何なる事情があって渡されたのか」

「ええ、忘れも致しません。勝先生はこの年の一月、品川から、有名な蒸気船にお偉い方々や、お弟子さんを乗せて上洛なされました。お調べ頂きとうございます。その少し前でしたよ、この手紙を持って、お弟子が三人ばかり見えたのは……」

弟子らが言うには、先生は乗船準備で多忙につき、弟子たちとの壮行会に出られそうにないから、ここでお前らだけで食って飲めと、この書状を書いてよこしたと。

その時お榻は、その弟子達の名前はいっさい知らなかった。

「つまり四年前のその手紙が、これだと申すのか」

「はい、手紙専用の手文庫の奥に入れて、他の書状と一緒に大切にしまっておりました。それから後、御文は頂いておりません」

「………」

「それがこのたび、家捜しで証拠として上げられ、このようなことになったものと存じます。何度も申すようですけど、何かの間違いかと思いますが……。誰が見つけたのか、その事情を教えて頂きとうございます」

「では、これがもっと過去のものとしよう。ならば今回、才谷はしかるべき紹介状もなく、空手で柚子亭を訪れたわけだな。これを見る限り、そなたは並外れた細心者とみえる。そんなおかみが、そのような輩を家に入れるとは、矛盾しておるではないか。誰の口利きもなく、なぜそのような迂闊なことをした」

与力は眉根に皺を寄せ、難しい顔で断じた。

「それは……」

お槢はしばし言い淀み俯いていた。だが観念したものか、口許に笑みを浮かべて言った。

「その点が、私の落ち度でございます。いかようにも罰してくださいませ。私は、勘違いしたのでございます。うちが用心棒を探していることを人づてに聞いて、あの時のお弟子さんが来てくれたんだと」

「弟子とは？」

「四年前、この手紙を持って柚子亭に来た、勝先生のお弟子ですよ。名前は存じませんが、その方は勝先生と同じ順動丸（じゅんどうまる）で神戸（こうべ）まで行くと言いなすって、それは豪快に呑まれましたよ」

その若者は、軍艦奉行勝安房守の建言で作られた幕府の〝神戸海軍操練所〟の塾頭となるらしかった。

今回、才谷と名乗った家に来た男は、

「いつかは世話になりました」

と丁寧に挨拶したという。言われて、見直してみれば、あの時の酒豪の若者と、そっくりだったのである。

「まだ伸び盛りのお若い方だったし、四年経てばこうなるのかなと、この私としたことがつい間違えちまいまして……。この才谷は、勝先生や神戸のことを詳しく話していたし……うかうか信じてしまったのです。そんなこんなで盗賊を匿うことになって、誠にお恥ずかしい限り、厳罰は覚悟致しております」

「鬼は外……福は内……」

陽が落ちるのを待ちかねたように、柳橋のそここの料亭の窓から、鬼打ちの声が聞こえてくる。

綾は帳場に呼ばれ、お簾の指図に従って忙しく立ち働きながら、心は外に飛んでいた。

昼過ぎに柚子婆が家に帰されたという情報が伝えられて、一安心したばかりである。だが偽才谷の隠れ家が突き止められたとかで、千吉は飛び出して行ったきり帰って来ない。

客を送って外に出ると、夜気がなま温かく感じられた。川から上がって来る風に、キーンとした冬の刺々しさはない。

「やっぱり節句だねえ」

船着場から上がってきたお簾が、そう呟いて提灯を綾に渡し、中へ入った。綾が勝手口から入ろうと、日陰小路の入口に向かうと、ふと自分を呼ぶ低声を聞いた。

「綾さん……？」

ハッとして、背後を振り向いた。

〝小さな娘〟が暗がりに提灯も持たずに立っている……。

一瞬そう見えたが、提灯をかざすと、灯りの中に浮んだのは、上目使いに見上げている柚子婆だった。

「まあ、柚子亭のおかみさん、ご無事でしたか！」

思わず弾んだ言葉が口をついた。

「無事でもないさね。腰は痛いし、目眩はするし……」

とお梠は言いながら、風呂敷に包んだものを差し出した。それは小さな菰樽だが、お梠はその重さによろめいた。

「あらまあ、こんな重いものを。大丈夫ですか」

と綾が支えた。

「いえ、ちょっといい銘酒が手に入ったんでね」

「あの、中でお茶でもいかがです。おかみさんがおりますから。あっ、それとも呼んで参りましょう」

「あ、いい、いい。世話になったのはあんた達だから」

と菰を押し付け、あの無愛想で有名なお梠が、頭を下げた。

どうやら千吉が亥之吉親分を通じて訴えたことが、掛かりの与力に伝わったらしいのだ。

〝才谷梅太郎〟の名は、京にいる勝安房守の弟子〝坂本龍馬〟の偽名だが、この盗賊才谷は龍馬ではないこと。その証人を出頭させることもできる。

その名がここで使われたのは、ひとえに勝安房守を陥れるためである……等々であろう。

「ちょっと待ってください」

綾は、すでに引き返し掛けたお樹に追いつき、声を弾ませた。

「もうすべて終わったんですか？」

「さあ、それはどうかね。一応帰されたんだけど、また呼ばれるかもしれない。そうなったら、もう帰れなくなるだろうからさ」

だから今のうちにお礼に来たんだよ、とお樹は振り返って立ち止まり、すこし湿っぽい声で言った。

「千吉から、およそのことは聞きました。でも結局、どういうことなんでしょう。何があったんですか？」

「さっぱり分からない。考えたくもない」

「…………」

「だってそうでしょ、勝先生の手紙を知ってるのは、ここだけの話……あたしと、別れた亭主だけなんだから。それが何故、お上(かみ)の手でちゃんと見つけられて、証拠なんかになっちゃうんだか……。油断も隙もありゃしないよ」

元亭主の常吉は、柚子亭主人の座を追われたことを、面白からず思い続けていたのかもしれない、と綾は思った。

「……でもね、誰を恨むわけじゃないさ、愚かなのはこのあたしなんだから」

おかみは、才谷を名乗って訪ねてきた男を見て、勝先生のお弟子の一人を思い出したのだという。四年前にチラと見ただけの若者と、よく似ていたのだ。

身体が大きくて磊落そうな、笑顔が優しい好青年だった。

「ええ、もうそっくりだったね……」

〝あの時、先生の船で一緒に神戸へ行きなすった方？〟と訊くと、相手は笑って、

〝よく覚えていてくださいました〟と答えた。神戸でいかに活躍したかを、楽しそうに語ったという。

「まんまと一杯食わされたのさ……」

言ってお槇は、声を上げて笑った。

「笑っちゃうじゃないか。お役人様にあの手紙を見せられても、すぐには間違いに気がつかなかったんだから……。ホホホ、少し考えて、やっと分かった、ぜーんぶ、勝先生を困らせるために仕組まれた罠だってねえ」

「この世間に、そんなことを考え出す人がいるんですねえ」

「大したもんさ。仕組んだのは幕府のお偉いさんだろうが、このヘソ曲がりのあたしが、すっかり信じ込んだんだから。先生に迷惑かけちゃいけないと、必死で何とか隠し通したけど、とんでもない愚か者さ」

「…………」

「あたし、夢を見たんだねえ。この才谷を家に置いとけば、いずれきっと麟太郎様が訪ねて来てくださるって……」

お楫は曲がった腰を叩いて伸ばし、このあたしとしたことが！……と重ねて呟き、笑いながら歩きだした。

細い笑い声が、どこか涼やかに響いて闇に消えて行く。

綾は追いかけて行って、こう言いたかった。

「でもお楫さんはしっかり闘って、敵を撃退し、たぶん初恋の麟太郎様を救ったじゃありませんか……」

だが、実際は、酒の菰樽を抱えたまま、突っ立っていただけだ。

下をギイギイと櫓を漕ぐ音が通り過ぎて行き、静かで川の匂いのする宵の口だった。

綾はこのしじまを壊したくなくて、佇んだまま夜空を眺めた。頭上には星々が上がって来て、早春の柔らかな夜空が広がっている。

鬼は外、福は内……の声がまた遠くに聞こえている。

やがて癇症（かんしょう）な声が響き渡った。

「綾さーん、ちょっと……」


その後、今戸に潜んでいた才谷は、召し捕られる寸前で逃げ延びたという。それからの消息は分からない。

お梢に再度のお呼びはなかった。

結局、誰によって仕組まれたものかも不明のまま、ウヤムヤになりそうな雲行きだった。

第四話　ちぎれ雲

一

「おーい、誰かいないか、おーい」

篠屋の表玄関に、男の大声が響いた。

奥で立ち働いていた女中達には、その声を耳にしただけで誰だか分かった。主人富五郎の、久々のご帰館だった。

商売は女房に任せて、もっぱら酒や女や芝居にうつつを抜かす羨ましいような存在で、身なりはいつも若作りの遊び人ふうである。

「はーい」

と厨房から複数の返事があったが、互いに目配せして譲り合った。

先に迎えに出て行くべき人がいる。

「……まあ、何ですよう、そんな大声出さなくたって、ちゃんと聞こえています」

帳場にいたお簾が、うなじの乱れ髪をかき上げながら出て行く。

「はい、お帰りなさいまし」

「おいおい、主人が帰って来たてえのに、何だよ。もうちょっと愛想のいい出迎えが出来んものかね」

「あらら、これでもずいぶんと良い方ですよ。旦那様がお帰りで、嬉しくない女房がいるもんですかえ」

結構な憎まれ口をさらりと言ってのけるおかみに、綾とお孝は顔を見合わせて忍び笑いをする。

「まあまあ、そんなこたァどうでもいい。今日は大事なお客をお連れしたんだ。えーとそうだな、今日は奥の座敷がいい。うん、奥座敷にご案内しておくれ。師匠……おや、どこへ行ったかな」

客人はどうやら夫婦のやりとりを遠慮して、中には入らず外に立っていたらしい。富五郎が首を出して声をかけ、笑いながら玄関に招じ入れると、お簾のかん高い声が響き渡った。

「あーらまあ、河竹（かわたけ）の師匠じゃございませんか。ようこそお越しくださいました！」

お簾なりに客の〝階級〟が胸の中にあり、それによって七色の声を使い分けているらしい。そのことを奉公人はよく心得ていて、今の悲鳴に近い声は最上等の客だと誰もが分かった。

「なに、そこの橋でバッタリ会っちまってね」

と師匠が言えば、阿吽（あうん）の呼吸で富五郎が引き取った。

「そうそう、橋を渡って来ると、中ほどに不景気な顔で川を眺めてる御仁がいる。見ると師匠じゃねえか」

よう、師匠……と声を掛けると、相手は振り向いた。だが久し振りに幼馴染みに会ったのに、ニコリともしない。

「おや、どうした、浮かねえ顔だが……」

「あいにく、生まれつきの顔なんだ」

もともと渋いご面相のところへ、昨年、齢（よわい）五十を越えてからは、いよいよ苦虫（にがむし）噛みつぶしたような顔になってきた。

「それはそうと、いい所で会った。実は師匠に頼みてえことがある」

といつもの調子で気軽に持ちかけると、うーんと、相手は暗い表情で黙り込んでしまう。こいつはまずいと思った。

だが、勘のいい富五郎には少々思い当たるふしがあり、近くを通っていながら、それまで帰る気もなかった我が家に、俄かに立ち寄る気になったのだ。その気になれば早く、相手の返事も聞かずにスタスタと先に立った。

「まあ、せっかく会ったのに立ち話じゃ洒落にもならん、ちょうど時分どきだ。うちで昼飯でも食いながら話そうじゃねえか……ってなことになったのさ」

と富五郎は、都合の良いところだけかいつまんで話した。

綾はその時はもう、奥座敷に飛んでいた。

奥座敷は、主人夫妻の私室が並ぶ、別棟にあった。

私的で大事な客や、遠方からの宿泊客の他は、ほとんど使われない。もちろん掃除はしているが、雨戸は半開きで、座布団なども押し入れにしまったままである。

お簾が自ら〝河竹の師匠〟を案内して来た時は、雨戸も障子も開け放たれ、白い小手毬が美しい中庭が見渡せた。

少し遅れて来た富五郎が、お簾を縁側に呼び、小声で命じている。

「『鮒又』に鰻を頼んでおくれ。酒はおれだけ、師匠はお茶だ。宇治のやつね」

「はい、鮒又はもう、お孝に申し付けましたから」

この客が、酒を呑まない代わりお茶や料理にうるさいことを、お簾はよく心得ていたのだ。

『鮒又』は柳橋でも近ごろ評判の鰻屋で、利根川で獲れた最上の鰻を、目利きが選んで仕入れてくる。焼き加減は上々、タレも辛口で、甘さのほどが良かった。

実際、追っつけ鰻飯が届き、綾が運んで行った時、客人は一箸をまず口に運んで頷いた。

「こいつはうめえや」

とそれからは器を抱えて、一気に掻き込んだ。

新香を肴に酒をちびちび飲んでばかりいて、いっこうに鰻に手を付けない富五郎の分にまで箸を伸ばし、少々分け前を貰って師匠は満足げだった。

食後に、綾が茶葉を入れ替えて持って行った時、二人は少し乗り出し気味に、何ごとかヒソヒソ話し込んでいた。

河竹新七（後の黙阿弥）。いまや江戸の歌舞伎界で押しも押されもせぬ、当代きっての狂言作者である。

齢は五十を越したが、その筆にはますます脂がのって、猿若町の芝居小屋で、次々に当たり狂言を連発してきた大立者だ。世間では、時流に乗ってさぞ我が世の春を謳歌していようと見られている。

ところが当人にとってはそうではない。気分は我が世の春どころか、〝真冬〟なのだった。

昨年来、新七の周囲には逆風が吹き荒れていた。幕府による芝居小屋への締め付けが、いよいよ厳しくなってきたからだ。

攘夷強盗や打毀しやらで、江戸の世情が騒然としている中で、ひとり派手派手しく興行を打ち続けている芝居小屋が、目障りなのだろう。

お上は実にあの手この手で、嫌がらせを繰り出してきた。

〝役者は外出時は編笠を被れ〟〝猿若町以外には住んではならぬ〟

〝悪党や毒婦を、色気たっぷりに描く狂言はまかりならぬ〟

だが河竹新七は、悪党を魅力的に描く〝世話物〟で、一世を風靡してきた狂言作者だった。

この新七をさらに打ちのめしたのは、名優〝市川小團次〟の、五十五での急死である。お上の締め付けにもめげず、数々の名作を共に送り出してきた、十年来の盟友の死だった。

弱り目に祟り目、災厄はまだ止まらない。

いよいよ大きな難題が、新七の前に迫っていた。

二

「……こじれてるのは、どうやら紀伊国屋だな」

昼飯がすんで新七と向き合った時、富五郎はズバリと言った。

紀伊国屋とは、人気役者澤村田之助の屋号のことだ。

田之助は天性の美貌と演技力で、十六歳にして立女形（女形の長）になった神童である。現在は、江戸歌舞伎随一の女形にのし上がり、二十三歳にして〝大夫〟と奉られていた。

今や役者絵の売れ行きは、七割まで田之助が占め、〝田之助髷〟〝田之助襟〟〝田之助下駄〟……などともて囃され、娘たちがこぞって真似をするほど絶大な人気を誇っている。

小團次亡きあと、歌舞伎を背負って立つのは田之助しかいない。誰もがそう考えていた。ところがこの田之助は我儘で聞こえ、扱いにくい役者として有名だった。下手くそな役者を舞台の上でもいびり抜き、気に入らぬことがあると、勝手に休演してしまう。

役者仲間や芝居小屋の座元とも折り合いが悪く、揉め事だらけだ。

そんな噂は先刻、富五郎は承知している。さらにその人気役者が今、あらぬ病いに冒されているとは、芝居通で知らぬ者はいなかった。

「図星だ、うむ、問題は田の字の病いだよ……」

ようやくお茶を旨そうに啜って、新七の重い口がほぐれた。

やっぱり鰻の霊験あらたかだったか、と富五郎は胸を撫でおろす。

新七は、日本橋式部小路で湯屋株を売買する『越前屋』の倅で、十四にして茶屋遊びを覚え、放蕩三昧で勘当された強者である。

そんな無頼時代からの悪友だった富五郎は、新七が、旨いものとお茶で、大概の機嫌が良くなるのを心得ている。

「やっぱりなあ。で、どうなんだ」

「うん、その前に……まず断わっておくよ」

と新七は、茶碗を置いて言った。

「じつはもうすぐ、お内儀さんがここへ来るはずだ」

「えっ、お幸さんが？」

田之助の、六つ年上の女房である。

以前はこの柳橋の芸妓だった。気っ風が良くて弁が立ち、美貌を兼ね備えていたから、一、二を争う人気だったと伝えられる。

夫婦仲はいいようだったが、最近はさすがのお幸も、田之助の我儘には手こずっていると噂されていた。

「いや、勝手にすまんな。お幸さんは柳橋ゆかりの人だから、今も時々こちらへ来るんだそうだ。今日もそうらしくて、相談があるから帰りにこの先の『柳亭』で会えないかと……。あの美人に呼び出されたんで、緊張して少々早く来ちまった、それで橋でぼんやりしてたわけさ」

先ほど、富五郎がさっさと篠屋に入ったあと、ちょうど船着場から上がってきた若い船頭に、『柳亭』へ、篠屋に来るように伝言を頼んだという。

新七は、この夏の市村座の演目として、田之助のために新作を書き下ろしていた。

〝妲己のお百〟である。

小團次の後を託すのは、この女形しかいない。そう見込んで、お上のお触れをうまくすり抜けるよう、巧妙に脚本を練った。

毒婦役を得意とし、これまで〝切られお富(とみ)〟などを演じて評判を取ってきた田之助には、当たり役になるはず。作者も役者も、いつになく気合が入っていた。

ところが稽古が始まってみると、田之助が姿を見せない。座元が心配して使いを出すと、脚(あし)の古傷が悪化して歩けないという。

その古傷とは、二年前、守田座(もりたざ)でやはり新七の作〝紅皿欠皿(べにざらかけざら)〟に出演中、事故に遭ったもの。縄で吊るされていた田之助が、縄が切れて落下して大道具に激突したらしく、右足の踵(かかと)がぱっくり裂けて、大流血の深手を負ったのだ。

だがその日、田之助は、気丈に芝居を続行した。

それ以後も、怪我は完治していないのに舞台を続けたため、傷口から毒が入って、脱疽(だっそ)という難病に取り憑(つ)かれたという。

病状には波があり、痛みさえ出なければ舞台を務められたから、新七もいささか楽観していたのだった。

そこで新七は、市村座の座元に付き合って、猿若町の役者新道にある田之助の居宅を見舞った。

それが一昨日のことである。

柳橋の人気芸妓お幸を女房にし、自らも花形役者である田之助にしては、その家は意外に小体(こてい)な借家だった。付き人の男衆二人と賄(まかな)いの下女を同居させていれば、ギリギリの広さだ。

家を訪れてすぐ新七は、女房と下働きの下女が、足の湿布を交換しているところを見てしまった。

患部は、怪我をした踵だけでなく、右足の膝の辺りまでが紫色に腫れ上がり、すでに腐り始めているのか微かに腐臭が漂っている。

女たちの指が足に触れただけで激痛が走るらしく、

「いてえ、いてえ……」

と田之助は、身体を捻り足をバタつかせてうめき声を上げた。

だが湿布の交換が終わり人心地つくと、

「ほれ、この通り、痛むのは治療の時だけなんでさ。上演までには良くなってるんで、きっと芝居には出させてくださいよ。そのむね、証文でも書いて貰いてえくらいだ……」

などとしつこく訴え、むずかった。

「太夫、先のことも考えて、ここは大事をとってくれ」

と新七は諭した。

「太夫にもしものことがあっちゃ、江戸の歌舞伎はおしまいなんだ」

常に冷静沈着な新七の、それが本音だった。

女房のお幸に声をかけられたのは、その帰りがけである。

師匠に折り入って聞いて頂きたい件があるのだが、家ではちょっと話せない。ついては明後日、柳橋に行く用があるので、そこで少し時間を頂けないか、と言うのだった。

「田の字の病いは、こっちも辛くてのう。こう見えて、滅法気が弱えんでね」

と新七は苦(にが)く笑った。

「今だから白状するが、さっきは足が止まって、橋の向こうまで進めなかった。そこへ富さんが現れたんで、渡りに舟、飛んで火に入る夏の虫だ。一緒に聞いてもらえりゃ心強えと、のこのこ此処(ここ)までついて来たのさ」

「ふーん、人は見かけによらんもんだ」

と少し酒の回った声で、富五郎が言った。

その時、障子の向こうで綾の声がした。

「只今、表に紀伊国屋のお内儀さんがお見えで、河竹の師匠にご用との事でございます」

「ふむ、分かった。すぐに案内しておくれ」

お幸はそれより少し前に到着していたが、玄関先でお簾としばし喋っていたのだ。二人とも同じ柳橋の芸妓だったから、互いに顔を見知っていたらしい。

綾には、たぶん同い年の二十八、九に見えた。

思ったより小柄で、名の聞こえた名妓というより、おきゃんな下町娘という感じだ。だが、身のこなしの優美さはさすがに板についている。

表情が晴れないのは、心配事を抱えているせいだろう。

三

「……まあ、私にできることがあれば、喜んでやらせて貰いますよ」

綾が三人分のお茶を用意して奥座敷に入った時、新七が、お幸をそんな言葉で労っているところだった。

「有難うございます」

と頭を下げたきり、お幸は言うのを躊躇っているようだ。

綾は自分のような部外者がいるせいだと考え、急いで立ち上がろうとすると、思いがけなくお幸が制した。

「ああ、ここで一緒に聞いてちょうだい」

「よろしいのですか」

「実はねえ、何だか気味悪いお話なんで、あんたも一緒に聞いておくれな。どういうことか意見を聞かせてほしい」

「ほう、それはまた……」

富五郎が頷いて、座れと言うように手を振って見せる。

「では、病いの話ではないんで？」

と新七がお茶を啜りながら、先を促した。

「いえ、関係はございます」

お幸はお茶に手もつけず、話し始めた。

「十日ほど前のことですが、往診に見えた接骨医の小倉先生が、お帰りの時、うちの玄関脇に、千社札のようなものが貼られているのを見つけたんですよ」

おや、ご新造さん、太夫の快癒願いのおまじないかい……と小倉医師は軽い調子で言った。

お幸はそんなものを貼った覚えがないので、びっくりした。よく見てみると、その札にはお寺でよく見かける、記号のような梵字が一文字書かれている。ただ通常は墨で書かれるはずなのに、その文字は赤い色だった。その赤黒い色合いからして、動物の血か何かを使っているように見えた。

誰かの悪戯と思い、すぐに剝がして燃やしてしまった。

だがそれからも続き、座元と新七が見舞いに訪れた日も、玄関脇に三枚目の札が貼られているのを、下女が見つけたという。

「悪戯にしちゃ、たちが悪すぎましょう。もう気持ち悪くて……それであの日、思わず声をかけてしまいましたの」

「そういうことか。で、心当たりは……ないと」

新七が眉をひそめて頷き、呟いた。

「あるもんですか。全く見当もつきません」

と少しムキになって言ったが、すぐに声を落とした。

「そりゃあの太夫のことだもの、何かあるんでしょうが。まさか病人にこれを見せて、心当たりを訊く訳にもいきませんし……」

田之助が何人もの女を泣かせ、恨みをかっているのは言わずもがなで、今度の病いは天罰だ、などと噂されているくらいである。

お幸が神経を尖らせているのは、そこなのだった。

「その札は、どれも同じですかな？」

「たぶんそうでしょう。気持ち悪いので　じっくり見たわけじゃないけど、動物の血みたいもので書かれていて……」

「うーむ、血染めの護符というわけか。じゃ、それも皆、燃やしてしまったんだね」

「いえ、それが……」

お幸は胸中から、半紙で何重にもくるんだものを、気味悪そうに取り出した。

「実はこれ、今朝、家の者が見つけたものです。師匠に見て頂けば、ひょっとして何か分かるかと……」

いきなり差し出され、新七はいささかたじろいだ。そんな縁起でもないものは、誰しも、触るのも気が進まないだろう。

だが、出来ることは何でもやると言ったばかりだ。

新七は包みを少し開いて一瞥し、すぐに富五郎に回した。かれはチラとも見ずに、そのまま綾に回した。

綾もやむなく受け取って、こわごわ半紙を開いて見ると、たしかに千社札の横を少し伸ばしたようなお札の中央に、禍々(まがまが)しい赤黒い血染めの梵字が一文字、書かれている。

「これは……」

思わず声を発した。

皆の視線が綾に集中した。

「よく分かりませんが、たぶん呪(のろ)い札のつもりでしょう。でも、呪う相手の名前も書かれてないですね。聞いた話ですが、呪い札とは、呪術師が七日七晩祈禱(きとう)し、札に書かれた名前に呪いを染み込ませるものだと……。これはただの嫌がらせで、何の効力もありません。こんな不浄のものは燃やした方がいいのです」

言うなり綾は、さっさとそばの火鉢にかざして燃やしてしまった。

皆は呆気にとられていたが、富五郎が声をあげて笑った。

「綾の言う通りだ」

「ああ、あんた、綾さんというのかね。私もその説に賛成だよ」

と新七も同調する。だがお幸は、業病(ごうびょう)に冒された夫を持つだけに、そう簡単には納得しない。

「でも綾さんは、呪いをかけられた事はないでしょう」

「はい……」

「あたしは何だかもう、怖くて怖くて。太夫の身体があんなことになって、ただでさえ心細いのに……」

と涙声になり、胸元から手巾を取り出してそっと目の縁を押さえた。

相当参っているのだろう、と綾は思った。慣れない看病で神経を擦り減らしているところへ、こんな追い討ちをかけられては、どんな強い女でも参るだろう。

「ふむ、案ずることはない。これは私に任せなさい」

新七が力強く、すべてを請け負ったのはさすがだった。

「私は浅学にして、こういう事はよく分からんがね。ただ懇意にしておる浅草の坊さんに、ちょっと聞いたことがある。この梵字は種字と言って、一文字で、一つの仏様を表しているものだと」

「ほう……するてえと、大日如来とか、不動明王とかか」

富五郎が言った。

「うーん、いや、この場合はたぶん薬師如来じゃねえかな。病気治癒を叶えてくれる、有難い仏さんだ。それを血文字で書くことで、病気悪化を祈願する呪いに見立てたんだろう」

「なるほどなるほど、さすが師匠だ。しかし、こりゃ嫌がらせてえより、脅しじゃねえのか。どれだけ怨みが深いか知らねえが、薬師如来の功徳を血染めにしちまうなど、とんでもねえ」

「そう、こんなことで溜飲（りゅういん）を下げておるのは、どこの馬鹿か。よッく調べてとっ捕まえ、きつい仕置きをしなくちゃならん」

　という新七の言葉に、富五郎が賛同した。

「そうこなくちゃね。よし、ここは俺にも手伝わせてもらおう。お幸さん、ご存じの通り俺は船宿の主人なんでね、まさに大船に乗ったつもりでいていいよ」

　この冗談に、お幸は涙に濡れた顔を笑み崩した。丁寧に礼を述べ、やっと曇りの取れた晴れやかな顔になって帰って行った。

四

　それから新七と出掛けて行ったきり、富五郎は帰らなかった。

　帰館したのは三日後だったが、いつものように主人が帳場に入るや、とたんに夫婦間に揉めごとが発生した。

「……えーっ、なんだって？　もう一度言っておくれな」

　というお簾の甲高い声が響き渡ったのである。

　何があったのか、と綾はそっと近くまで行って耳をすませた。

「おや、お前、耳が遠くなったかい。そんなに仰天して、ギャアギャア騒ぐことでもあるめえが」

「だって、お前さん……」

「まあ、とにかく最後まで話を聞きねえ」

「はいはい、聞かせて頂きますとも。綾さーん、お茶……。湯呑みは二つ……」

　どうやらあのあと、新七と富五郎は協力し、謎の解明に奔走したらしい。だが田之助を恨む者は多く、男女ともに予想を超えていた。

　男では、舞台でいびられ恥をかかされた役者が、一人二人ではない。

　女の方は、殺してやりたいと怨む女は、掃いて捨てるほどいた。

　何しろ吉原の花魁や柳橋の綺麗どころを片っ端から口説きまくり、高価な貢物をさせた挙げ句に飽き、ポイと捨てて省みないのだ。

とはいえ芸者や役者が、あんな抹香(まっこう)くさい小難しい梵字を使い、手の込んだ嫌がらせなどするものだろうか？

そう考えて篩(ふる)い落としてみると、一つの情報が残った。

気味の悪い坊さんが、居宅の周囲で何度か目撃されていたのだ。

編笠を被って薄汚れた格好の虚無僧(こむそう)らしい、と聞いて、

「そういえば……」

と富五郎と新七は頷き合った。

上野(うえの)の寛永寺(かんえいじ)の高僧が、まだ子役だった田之助に入れあげ、寺の金を使い込んで豪勢に貢ぎ、寺を追われた話は有名で、今も記憶に残っていたのだ。

或いはその坊さんの逆恨みではないか、とも考えられた。

それについては目下(もっか)、新七が調べている。

ともかく今は、田之助の身の安全を図り、一刻も早くより高度な治療を受けさせることが急務だろう。

そこで二人は、田之助の有力な贔屓(ひいき)筋である口入屋の相模屋政五郎(さがみやまさごろう)、有馬屋清右衛門(ありまやせいえもん)らを訪ね、精力的に助力を求めたのである。

さすが、江戸の大立者として名高いこの両者の威光は絶大だった。

そのツテによって、脚の病状については、御典医(ごてんい)で幕府の要職にも就いている蘭方(らんぽう)医の診察を、すぐにも受けられる事になったのだ。

ただそこに、一つ問題が生じた。

要職にある奥医師が、猿若町の役者風情の居宅へ往診するなど、立場上とても出来ないというのである。

そうなると田之助の身柄を、一時的にどこかへ移さなければならない。

足を使えぬ太夫の移動は容易ではなかった。だが今の居宅は〝呪いの札〟騒動があって、何が起こるか分からぬ不穏な状況にある。

いっそこの際、人目につかぬ隠れ家に、一時的に避難させた方がいいに決まっている。

そこで避難先として、有馬屋の日本橋の妾宅が上がったが、調べてみるとここは人の往来の多い場所にあって、人気役者の隠れ家にはいま一つ不適切だった。

ならば相模屋の持ち家である薬研掘(やげんぼり)の貸家の離れに……と決まりかかった。ところが間の悪い事に、今は手水(ちょうず)の普請中で、まだ数日かかるというのだ。

「それじゃあ間に合わねえ」

と割って入ったのが富五郎だった。

考えてみると、篠屋は目の前の船着場から人目につかず出入りが出来るし、船での輸送は楽だった。奥座敷も空いている。

薬研掘の貸家の普請が終わるまでの数日、太夫をうちに匿ってはどうかと申し出て、満場一致で決まったのである。

「このしがねえ船宿にだな、あの天下の名優をお泊め申すのは、篠屋末代までの誇りと思わんか」

と富五郎は、綾の入れた茶を啜って自信ありげに言った。

「でもねえ、うちは生ものを扱う料理屋ですからねえ」

とお簾は乗らない。

「こう言っちゃ何だけど、難しい病人をお世話していると知れちゃ、お客様がどう思うかねえ」

「馬鹿、誰もどうも思うかい、ただの怪我だ。目先のことばかり考えるな」

と富五郎は叱った。

「太夫の贔屓筋に誰がいると思う？　有馬屋や新門辰五郎ばかりじゃねえ、土佐のお大名山内様がいなさるんだ。さらにだよ、うちにその御典医の往診を仰ぐのは、名誉なことだ。今は極秘だが、いつかは知れよう。それは結果的に、うちの名を高めることになる。あの偉い先生が、篠屋に来たことがあるとね」

「…………」

お簾は、頭の中でいろいろ計算しているらしく、すぐには答えない。

「そもそもうちの奥座敷は、お忍び用に出来ておるんだよ。親父が考えたんだが、玄関を通らずに庭から出入り出来るから、船から部屋まで誰にも見られねえですむ。この際、病人を戸板に乗せれば、らくらく運べるさ。その利点を活かして人のためになりゃ、こんないい手はねえと思わんか」

「そうは言うけど、お前さん……」

やっとお簾が、煙草道具を引き寄せて口を開いた。

「あの紀伊国屋の太夫は、ただでさえ我儘で、扱いにくい難物というじゃないか。ましてや難しい病いに冒されてる病人だよ。お内儀さんの話じゃ、一日中、喚き散らしているんだって……」

「ふむ」

「それにしつこいようだけど、その病いって伝染らないのかねえ？」

「ふむ……」

「うむうむだけじゃ、分かりませんよ。あのお内儀さんに応援に来て貰うとしても、そもそもが難しいのに、うちの女中たちで面倒を見きれるもんかねえ」

「ふむ。お前の気遣いはもっともだがな。しかし太夫の滞在は、わずか三、四日だ……」

と煙管（きせる）を手に取って吸い込み吐き出して、きっぱりと言った。

「それにお前、うちには綾がいる」

翌日の夜――。

磯次の漕ぐ屋根船が、今戸（いまど）の船着場で田之助と女房お幸を乗せて、夜陰に紛（まぎ）れて篠屋に入ったのである。

奥座敷には当面の身の回り品が、昼間のうちに男衆によって運び込まれていた。

この移住に就いては、田之助が嫌がるのではないかと皆は案じたが、新七の説得によって、案外素直に受け入れられた。

五

田之助を迎え入れた篠屋は、いつになくピリピリと張り詰めていた。

太夫の滞在は極秘にされ、奥座敷の客が誰かは、奉公人にも知らされなかった。お掛かりは綾と決まり、それ以外の者は誰も近づけぬよう、番頭の甚八が見張ることになった。

太夫は戸板に寝かされて、男衆に運び込まれると、用意されていた寝床に横たわり、しばらく死んだように動かなかった。

船の揺れが身にこたえたのか、時折かすかな呻(うめ)きを漏らす。

その名前も人気も綾は知っているが、舞台を見たことはない。初めて間近に見る太夫の顔は窶(やつ)れているが、それを隠すように薄く化粧をしている。中背のほっそりした身体は、痩せてさらに細くなり、やや大きめの客布団がさらに大きく見えた。

「お世話させて頂く綾と申します」

と綾が手をついて挨拶しても、

「あー」

とぐもった声で応答しただけで、目も開かない。

付き添って来た男衆が後片づけして間もなく帰ると、座敷には太夫と女房のお幸、それに綾の三人だけになった。

太夫に薬を飲ませたいと言うので、綾はすぐに用意してあった水差しと茶碗を枕元まで運んだ。

お幸は水を含ませようとするが、太夫はプイと横を向いて飲もうとしない。それでも何とか飲ませて、湿布の交換が始まった。

するといつもと勝手が違っているためだろう、太夫は焦れてむずかり、痛くない方の足をバタつかせ、お幸の手を蹴上げて抵抗した。

そのたびに着物の裾が上までめくり上がり、あられもない姿を見せつける。綾はそっと退って次の間に控えた。

ここからは夫婦だけの領域と感じたのだ。

だが襖の向こうから聞こえるやりとりからは、芸妓上がりのお幸が、痛みに苛立って癇症な声を発し続ける病人を扱いかね、四苦八苦しているさまが、手に取るように分かった。

手こずるお幸の、泣きの入った声に、耳を覆った。

こうした難しい病人を扱うための、何の心得もないのだ。そばで手伝うくらいは出来るだろうが、綾にはためらいがあった。

江戸で当代一の人気を誇る美形役者の、こんな浅ましい姿を見てはいけない気がしたし、その体に触れるのも、恐ろしかったのである。

「医は仁術というが、患者を〝石〟と見る目も必要なんだ」

と昔、どこかで聞いた覚えがある。しょせん自分は医に携われる人間ではないし、なれもしないだろう、とつくづく思った。

翌二日めのどんよりとした昼下がり。

相模屋の若い衆の先導で、蘭方医が篠屋に到着した。

座敷にはすでに、紹介者の相模屋政五郎と、かの河竹新七、それに主人富五郎、女房お幸が集まっており、寝床に横たわる田之助を案じ顔で見守っている。

綾は控えの隣室で、様子を窺っていた。

御典医は思ったより若くて、まだ四十には間があるように見えた。容貌は生真面目(きまじめ)な学者風だが、偉ぶったところは微塵もない。

その人物が座敷に入って来た時、ドキリとした。ふとどこかで会ったような気がしたのである。そう、父親の周囲には、このようにひたむきな感じの若者が、いつもいたのが思い出された。

だがそんな追憶も一瞬のこと、通称〝相政〟の相模屋政五郎の丁重な挨拶に続いて、早速医師の診察が始まった。

右足先から太腿まで巻いていた湿布がゆっくり解かれると、隣室からそちらを窺っていた綾の所まで、腐臭めいた臭いが漂った。

患部を綾は見なかったが、あとで新七から聞いた話では、先日、市村座の座元と共に居宅を見舞って見た状態より、間違いなく悪化していたという。

医師は、矯めつ眇めつして冷静に診察を終えると、自らの手で、湿布を器用な手つきで巻き直した。

そして固唾を呑んで見守る一堂に一礼し、田之助もいる前で、淡々と診断の結果を話し始めたのである。

「間違いなく脱疽です」

と明快に言った。

「傷口から毒が入り、骨や肉が腐っていく病気です。これ以上、毒が広まらないうちに、早く手術することをお勧めします」

「……手術と言いますと？」

新七が恐る恐る訊いた。

「壊死した部分を切断するのです」

「嫌でえ！」

突然、寝床に横たわったまま太夫が叫んだ。

「脚を切られちゃ、芝居が出来ねえ！」

「先生、他の治療法はありませんか……」

また新七が問う。これまですでに何人もの医者に診てもらい、そのたびに発してきた質問だった。

「残念ながらありません。出来るだけ早く処置しなければ、命に関わります」

「…………」

座敷には、恐ろしいほどの沈黙が支配した。

「もし私の診断に得心がいかなければ、ぜひ他の医師の診断も聞いてみてください」

落ち着いて言い、医者は席を立った。そのあとを、相政とお幸が弾かれたように追いかけて行く。

新七は腰が抜けたごとく、その場に座り込んでいた。

「師匠、両足で舞台に立たせてくれよう。わたしに指一本触れさすな」

とまた太夫がむずかる。

新七は立ち上がって逃げるように隣室に下がった。そこには綾が、やはりへたり込んでいた。

「や……」

と立ち止まった新七に、綾は居住まいを正して頭を下げた。

「師匠、今日はお疲れ様でした」

新七は会釈してそのまま廊下に出ようとしたが、ふと戻って来て、そばにしゃがみ込んだ。

「綾さん、ご苦労だが、太夫の面倒をよろしく頼むよ。今夜はたぶん荒れるだろうから、お内儀さんを助けてやって欲しい」

綾はその丁寧さに感じ入り、ただ何度も頷くばかりだった。

六

その夜、新七の予言どおり、田之助は荒れ狂った。

座敷に詰めていた者らが去り、静かな闇が訪れたが、太夫は死んだように固まっていた。脚を切らなければ死ぬ、という宣告が、じわじわと効いてきたらしい。

夕食にはいっさい手をつけず、薬を飲むことすら受け付けなかった。

湿布の定期的な交換も、いてえ、いてえ……と嫌がった。

それどころか、女房のやり方にいちいち難癖をつけ、

「そこには触るんじゃあねえ、何度言ったら分かるんだよう」

「おれを殺す気か、この馬鹿女(あま)が……」

などと暴言の限りを浴びせて、当たり散らす。

昨夜は移動の疲れでろくに声が出なかったが、今日は興奮状態にあってか、ひどく甲高い声が出た。

「太夫、お願いだから堪(こら)えておくれよ。薬さえ飲めば、痛みは治まるんだから。痛みがなければ夜もよく眠れるんだし……」

と懸命に宥(なだ)めるお幸の言い草が、癇(かん)に触ったらしい。

「いつ薬が効いた？　え、いつよく眠った？　何も知らねえくせに、一時しのぎのおためごかしばかり言いやがって！　効きゃしねえんだよ、ヤブの薬なんか」

と罵(ののし)った。

湿布の交換になると、さらにお幸の手を左足で蹴り上げ、

「てめえ、あのヤブに色目使っててんじゃねえか。おれが早く死にゃいいと思ってんだろ。失せろ、てめえの顔なんかもう見たくねえ」

とまた新手(あらて)の罵言(ばげん)を考え出して責めたてる。

「そんな……、太夫、そりゃあんまりじゃないか……」

お幸は涙声になり、手にした湿布を放り出した。

すると太夫は枕を放り、枕元の水差しを手にして水をひっかけた。

「失せろ、失せやがれ、二度と面(つら)を見せるな……」

暴発はもはや留まるところを知らず、枕元にあった濡れ手拭いと水の入った盥(たらい)、茶碗と急須の載った茶の盆、薬盆、気分のいい時に目を通す台本、黄表紙……等々を、手当たり次第に四方八方へ投げつける。

ガラガラ、ガシャーン、ドーン、バタン……。

激しい物音に、お孝や甚八が控えの間に顔を出した。

綾は手を振り、何でもないからと押し返した。

「綾さーん、助けてよう、そこにいるんでしょ！」

お幸の金切り声が飛んできた。

「こっちへ来ておくれ、助けてくれなきゃ困るじゃないか。ぼうっとしてないで、なんとかおしよ。あたしはもう駄目だ、猿若町から付き人を呼び返しておくれ！」

お幸にしてみれば、この女中の妙なよそよそしさが業腹(ごうはら)でならない。

客の窮地を知りながら、出て来やしない。昨夜だって、こちらが苦労しているのを見て、さっさと逃げてしまった。

（あんた何様だい？　女中なら、茶碗が飛んで来ようが、水をかけられようが、矢面(やおもて)に立って、客の窮地を救うべきじゃないか）

そんな啖呵(たんか)が、喉元まで込み上げていた。

誰も本気で助けてくれない、孤立無縁だ、こんなことがいつまで続くのか。そう思うと、目に涙が膨れ上がる。

そんな時だった、隣室との境の襖がガラリと開いた。

ようやく来たか、と振り返ると、そこにキリッと紅紐(べにひも)で襷(たすき)掛けし、替えの浴衣(ゆかた)を手にした綾が立っていた。

綾の目に映った病室は、惨憺(さんたん)たるものだった。

消毒液と腐臭の混じった、嫌な臭いがムッと立ち込める中、水が辺り一面に飛び散り、茶碗や盥がひっくり返って、散乱していた。

蒲団はよじれたまま斜めになり、畳に半身乗り出した田之助は、何が起こるかとギラギラした目で綾を見ている。

むき出しになった右足には、湿布は外れ、紫色の肌のところどころに、今の大暴れで擦れたらしい血が点々と滲んでいた。

その有様を一瞬で目に収めて、綾はきっぱり言った。

「太夫、おみ脚（あし）に障ります、ご免ください」

と言うや、つかつかと座敷に入った。太夫の背後から両脇の下に手を差し入れ、上半身を起こすようにして布団の上へ身体を戻す。ひどく軽かった。

次に、蒲団の向こう端とこちら側を摑んで、細い大夫の身体を簀巻き（すま）にし、

「失礼します、ハイッ」

と気合いを入れて、やおらゴロゴロと左右に転がしたのである。

「わッ……」

というくぐもった悲鳴が上がったきり、簀巻きの中は静まった。

綾は手早く揺すりながら、斜めになってよじれた蒲団を元の位置に戻す。蒲団を開くと、驚愕のあまり言葉を失った太夫が、失神したように目を閉じている。一瞬の出

来事だった。

「お内儀さん、消毒液をご用意願います」

綾の声に、呆気に取られていたお幸も我に返り、遠くにあって投擲(とうてき)を免(まぬが)れた消毒液入りの桶(おけ)を慌てて整える。

綾はそばに座り、断りも入れず、むき出しの足先から太腿(ふともも)近くまで、痛みの箇所に触れぬよう丁寧に消毒していった。

沁みるのか、時々ウッと呻き声が上がったが、大人しく手当てを受けた。新しい湿布を当てがうと、ビクッと足が動いたが声は発しない。

それから、汚れて皺くちゃになった寝間着を脱がせ、太夫を腹巻と下帯だけにすると、洗いたてのお陽様と石鹸の匂いのする乾いた浴衣に、器用に着替えさせたのである。

あとは散乱したものを片づけ、まだ控えの間にぐずぐずしていたお孝に頼み、茶碗や水差しを新しく用意してくれるよう指図した。

お幸は涙ぐみながらも手伝って、乱れた部屋はやがて元通りになった。

太夫は大暴れして疲れてしまったのだろう。じっと目を閉じていたが、やがて寝入ったらしく、軽い安らかな寝息が聞こえてきた。

それから綾はお幸と話し合い、今夜は近くにあるという叔母さんの家に泊まるよう勧めた。お幸の疲労困憊（こんぱい）を、見かねたのである。

それに、夫妻とも神経が高ぶっていたようだ。

それでなくても大変なのに、この数日は引越しの件、診察の件などが重なった。

「今夜だけでも、ゆっくり眠ってはいかがですか。太夫は大丈夫。よく眠っておいでだし、今夜はこの私が控えの間に泊まりますから」

というわけで、明日の午後には戻ってくる約束で、お幸は千吉に送られ、出て行ったのである。

七

その夜更け、綾は太夫の様子を窺（うかが）いに奥座敷に入った。

よく眠っているようだから、言葉もかけず、仄（ほの）暗く灯した行燈（あんどん）を枕元から離して、そっと部屋を出ようとした。

「ねえさん……」

と低い声がかかった。眠ってはいなかったのだ。

「お幸は……？」

「ああ、よく眠っておいでなので、近くまで御用を足しに行かれました」

「そう……。おまえ、綾さんといったっけ。ちょっとでいいから、ここに居てもらえるかい」

「はい」

と綾は、田之助の足元に座った。

薄灯りに見える太夫の顔は、先ほどまでの狂乱が嘘のように、白くて冴え冴えとしている。

「ひとりでいると怖いんだ」

「………」

綾が答えずにいると、太夫はさりげなく訊いた。

「おまえ、医者の所で働いた事があるのかい」

「ええ、遠い昔、下働きでちょっと……」

「ふーん、どうりで手際が良かった。簀巻きは初めてだが、そんな療法もあるのかい」

「あ、いえ……」

この病人を黙らせるのは〝これしかない〟と思いついただけだが、そうも言えず、綾は黙って笑っていた。

「ふーん、いや、手荒なわりには痛くなかったからさ」

珍しく太夫も笑ったようだ。

「……今、夢を見ていた」

「まあ、どんな夢です？」

「いい夢だ。この田之助が、雲になるんだ、ちぎれ雲だよ」

「はあ、ふわふわと、何だか気持ちが良さそうですね」

「そうなんだ、人間、重さがあるから大変なんだって思った。軽々と空に浮かんで、風に吹かれ、ちぎれ雲になって漂っていく……。それが凄くいい気分だ。おれの足が、横をふわふわ流れていってさ、そうかァ、こういうことか……って思った」

ハッとして綾は沈黙する。

「目ェ覚めてみると、何だかよく分からねえがな、やっぱりいい気分なんだ」

そして太夫も黙った。

そのままじっと目を閉じていたから、静かに寝入ったようだ。綾がそっと立ち上がり、座敷を出ようとした時、背後から声がした。

「綾さん、世話になった……」

翌日の昼過ぎ、新七が篠屋に姿を現した。

近くでばったり会ったとかで、お幸と連れ立っていた。

道々、昨夜の太夫の大暴れを聞いたらしく、奥座敷に田之助を見舞うと、慎重に様子を見ながら言った。

「何だか顔色がいいねえ。昨夜は眠れたようだな」

「やあ、師匠、お陰様で久しぶりによく眠れましたよ。川のそばってのがいいのかなあ」

思いがけないご機嫌に、新七もお幸も胸を撫でおろした。

「そりゃァ良かった。篠屋に来た甲斐があったてえもんだ」

「…………」

太夫は笑っている。

「ところで太夫、せっかく気に入ったのに悪いがな、他でもねえ、例の相政の薬研堀の貸家だが……。急がせたんで、普請が終わった。さっそく明朝にも、太夫とお内儀さんにあちらに移って貰う」

薬研掘は柳橋からは目と鼻の先だが、人目につかぬよう、朝一番に駕籠を仕立てて向かう段取りを、すでにつけて来たのである。

「そうですか、了解です」

あっさりと太夫が言った。

「じゃ、せっかく師匠も来てくれたんだし、これから別れの宴会でもやりますかね」

「ええっ？」

新七とお幸は目をむいて、顔を見合わせた。

元気になったのはいいが、どうやらこれも〝病い〟の一環で、大夫はまた何かやらかすんじゃないかと、二人は肝を冷やしたのだ。

「いや、実はねえ、久し振りに気分が良くなったら、腹が減ったんですよ。ほれ、こないだ師匠が言ってた、鮒又の鰻……それが猛烈に食いたくなった」

新七は、田之助の美食と鰻好きを知っていた。

それで気難しい太夫をこの篠屋に一時的避難させるため、近くに旨い鰻屋があるからと、力説したのである。

「ここはわたしの奢り（おご）だ、世話になった篠屋の人にも食べて貰おう」

新七とお幸は、また顔を見合わせる。

太夫は財布など持ち歩かないから、奢りといっても結局は有馬屋か新七が払うことになる。

「わたしら三人前の他に、十人前の鰻丼を注文して、台所に差し入れたらどうかな。師匠、どうですか、この考えは……」

楽しそうな太夫の申し出に、新七は頷いた。

「うん、そりゃ豪気だな。みんなで遠慮なくゴチになろうじゃねえか。さあ、太夫の気の変わらねえうち、早速手配しなくちゃ……」

と立ち上がり、綾に目配せする。

宴会の準備も頼もうとお幸も立ち上がり、綾がそれを追い掛けて、三人は台所で顔を合わせた。

「どうやらいい具合に進んでるようだな。ただ、忘れないうちに言っておくが……」

と新七が二人に言った。

「あの気味悪い護符の件だがな。取っ捕まったよ」

「えっ」

とお幸と綾が声を挙げる。

「うちの若いのが、たまたま太夫の家を訪ねたんだが、その時、小汚ねえ托鉢(たくはつ)の坊主が、軒に何か貼ってるのを見つけた。そこで太夫ん所の男衆も呼んで、取っ捕まえた。番所に突き出してみると……」

　と新七は機嫌良く笑って言った。

「呆気ない謎解きさ。知ってみりゃ、馬鹿馬鹿しい。黒幕は吉原の花魁よ。貢がされて振られた女の怨みは恐ろしい。その花魁にぞっこんで通ってくる、芝の大寺の坊さんに泣き事を訴えて、この復讐が始まったってわけで……」

　その僧は、花魁に気に入られたい一心で、落ちこぼれの坊さんを雇い、嫌がらせを任せたのだという。

「いずれこんなこったろうとは思ったが、ケチな話よ」

八

　鰻が届くのに合わせ、奥座敷で、ごく簡単な酒宴が始まった。

「うん、本当にうめえなあ。こんなの久し振りだ」

　寝床を上げさせた太夫は、床の間を背にして膳に向かい、それまでの食欲のなさが嘘のように鰻丼をペロリと平らげたのだ。

綾に頼んで酒を運ばせ、お幸の酌で酒も進んだ。

酒をいっさい吞まない新七も、こういう時は一杯ぐらいは付き合う。

交わされる話はもっぱら、誰彼なしの役者の噂話と、容赦ないこき下ろしで、これが大いに盛り上がった。

ころ合いをみて、綾は上等な宇治の茶を運んだ。

鰻丼のお返しとしてお簾は、夫妻と新七に、近くの名店から取り寄せた菓子の箱詰を、お持たせにするのを忘れない。

やがて夕闇が漂い始め、そろそろ新七が帰る素振りを見せると、

「師匠、ちょっと待っておくんなせえよ」

と太夫が声をかけた。

「綾さん、おまえもそこに居ておくれ、そうそう師匠の隣だ。お幸、おめえはここだ」

と手でそれぞれに位置を示した。

訝しく思いつつも、綾は師匠と隣り合って座る。

「いや、今日はいつになく脚の具合が良いんでね。どうやら昨日、少々暴れたのが良かったのかもしれねえな」

などと上機嫌で呟きながら、浴衣の襟元や、乱れた髷(まげ)、袖の具合を正し、帯を締め直す。

「師匠と綾さんにはすっかり世話になった。御礼に鰻丼じゃ、洒落(しゃれ)にもならねえ。代わりにちょっと目汚しさせてもらう」

言って太夫は、自分が向かっていた膳を横に片付け、床の間を背にした空間に、すっくと立ち上がったのである。

「ち、ちょっと待て、まさか……」

仰天した新七が腰を浮かし、叫び声をあげた。

「止(や)めないか、太夫、いくら調子良くてもそりゃいかん！」

あの脚の状態を見ると、立っているのも不思議なくらいなのに、一踊りして見せようというのである。

「いいんですよ、師匠。足は、天に返すことにした。命まで召し上げられるわけじゃねえんだし。さあ、これが二本の足で踊る、わたしの最後の舞台になる。よく見ておいておくんなせえ」

言い出したらきかない太夫である。その性格を嫌(と)というほど心得ているお幸は、新七が畳を這って取りすがろうとするのを止めて、諦めたように見守っている。

「演目は〝京人形（きょうにんぎょう）〟のさわりだ、お幸、口で調子を取っておくれ」

「…………」

黙って肯（うなず）いたお幸の口三味線が、ツンツンツン……と響き出す。

田之助は呼吸を整え、ゆっくり舞い始める。

「京人形」とは、歌舞伎の舞踊劇である。田之助がまだ幼名の〝由次郎（よしじろう）〟を名乗っていた十二のころ、初めて踊って大評判になり、以来、何度も舞台にかけてきた十八番だった。

あらすじは——。

名人彫物師の左甚五郎（ひだりじんごろう）が、恋い焦がれる遊女そっくりの人形を彫り上げ、人形相手に飲むのを楽しんでいた。魂の宿った人形は、ある日、箱から出て来て、甚五郎とともに踊り出す……というもの。

田之助が踊りに入ると、辺りの様子が一変した。

息を呑んで見守る綾の目に、薬くさい座敷が闇に沈んで、田之助の姿だけがぽっかり浮かび上がってくるように見える。

そのしなやかな手も足も、田之助という人間を超えて動いているようだった。ゴツゴツした甚五郎と、優美な京人形を巧みに踊り分け、この狭い空間に妖艶な舞台を作り出していく。

これは夢だ、と綾は思った。

いま目の前で踊っているのは、つい昨日まで腐り始めた足を抱え、寝床に固まって暴れていたあの病人ではない。

天から舞い降りてきた妖精が、太夫に宿って舞っている……。

妖精はこの世が楽しくて天に帰りたくないんじゃないかしら、と綾には見えた。ただただ引き込まれた。

どのくらい時が経ったかわからない。

「紀伊国屋!」

の新七の声と拍手に、我に返る。

妖しく舞っていた〝京人形〟の精はかき消え、薬くさい暗い座敷に、浴衣姿の田之助が、上気した顔で立っている。

踊り終えたその顔には、満足げな微笑が浮かんでいた。

この年の九月、田之助は、横濱の外国人居留地にある米国人ヘボン医師の医療所で、右足切断の手術を受けた。

その翌年二月、傷の癒えた田之助は、河竹新七の新作で猿若町の江戸三座の舞台に、義足をつけて復帰し、大喝采を浴びた。

綾は相変らずの忙しさに紛れ、その舞台を見なかった。

だが念じて目を閉じればいつでも、あの華麗な舞い姿を見ることが出来た。

第五話　雛のお宿

一

「なかなかよござんしょう」

長いことその前に立って眺めている綾に、ハタキを手にした店主らしい老人が声をかけてきた。

節分が済むと、日本橋室町に近い十軒店に、雛の市が立ち始める。

初めて立ち寄った綾は、あちらこちらと物珍しげに覗くうち、路地の外れにこの店を見つけた。骨董品や質流れ品を扱う古物商で、すでに上がり框に大きな五段飾りを展示している。

金屏風を背にした最上段の内裏雛から五段めの雛道具まで、どれも古びていたが、大きくて風格があった。

下の段に張り渡した紐には、何色もの色を使った縫取りの蝶や花々や鳥が吊るしてあって、夢見るように綺麗なのだ。

「ええ……」

息を呑んで見とれていた綾は、溜息のように大きな息を吐き出した。

「大きなお雛様ですね」

実はこれと似た雛人形を、昔、見た憶えがあるのだった。

その謎めいた雛を見た記憶。光景が目に浮かぶと、次から次からあの日のことが思い出され、胸が一杯になって溢れ出す。

「薩摩の雛だからね」

と老人は、まるでこの雛が薩摩七十二万石を背負っているごとくに、気負った口ぶりで言った。

「薩摩のお雛様って、どれも大きいんですか？」

記憶の中でそのどれもが大きいのは、自分が小さかったから雛が大きく見えたのだ、と思っていた。

「うん、まあ、あの薩摩だからねえ。あそこの雛ってェのは〝有職雛〟といって、お公家ふうなんです。お家柄の古い大名だから、初代のころに流行った雛が、ずっと続いてきたんですかね」

と呟いた。

だが綾の身なりからして、買い筋ではないと見たのだろう。ハタキでその辺りをパタパタ叩いて奥に引っ込んでしまった。

その説明にも、綾は覚えがあった。

そう、島津家は古くて、将軍家のお血筋も入っている大名家だから、そのころのものが好まれる……と聞いたっけ。

久しぶりに見るこの薩摩雛からは、いかにもそんな華やぎと威風が漂ってくるようだ。

綾はなおもそこに佇んでいた。

いつものように急いで帰ることもないのだった。

この日はお簾のお供で、日本橋室町の呉服屋まで来たのである。

お簾は呉服については、多くは出入り商人の持ち込みで賄っている。だが派手好みで流行好きのお簾のこと。たまに暇が見つかると、自分から物色に出掛けるのだ。

綾は前にも一度、日本橋通りまでお供している。

越後屋、伊豆蔵、大黒屋……と呉服の老舗を覗き歩き、気に入りがあれば注文し、必ず玉屋に寄って紅や化粧水を買う。

その後、日本橋川に面した汁粉屋で、甘い物に舌鼓をうった。

川面にぎっしり浮かんで上り下りする荷船が、

「おもかじ！」

「とりかじ！」

と互いに掛け声をかけ合って、右と左にスレスレにすれ違って行く。そんな整然たる船の賑わいが、神田川とはまた違って、見ていて心躍った。

今日もそれを楽しみにしていたが、お簾は廻る所があるからと、

「あんたは汁粉でも食べてお帰り」

と小遣いをくれたのである。

お簾が一人でどこへ行くかは分からない。

ただお孝の話では、この近くの日本橋小舟町に、最近、伸びてきた両替商があるという。そこの主人の安田善次郎は、鰹節問屋の手代から身を起こし、両替商を起こして成功し始めていると。

そこに行くかどうかは分からないが、お簾は古い小判などをどっさり持っていると

いうのだ。

だが綾には、そんなことはどうでもいい。自由になるのが飛び立つばかりに嬉しくて、どこへ寄り道しようかと、ワクワク持ち前の好奇心を巡らすので一杯だった。といってもそう遠くへは行けないから、噂に聞く近くの十軒店に向かい、いそいそと見て歩くうち、この雛が目に止まったのである。

綾には、自分のお雛様などなかった。

いや、幼ないころはあったのかもしれない。たぶんあったと思うが、それがどうなったかは分からないのだ。

大石直兵衛(おおいしなおべえ)とお袖(そで)の夫婦に、初の娘が誕生した時、両親は大いに喜んだと聞いている。それまで男の子が一人だけだったから、綾と名付けたその子を、まるで花でも咲いたように愛(め)でたと聞く。

蘭方医の直兵衛は、内藤新宿(ないとうしんじゅく)で町医者をしており、裕福ではないが暮らしには不自由がなかったようだ。

だから娘の初節供(はつぜっく)にはきっと、雛人形を誂(あつら)えただろう、雛で有名なこの町まで選びに来たかもしれない……と想像するのである。

だがそうした平凡で幸せな暮らしは、その直後に起こったある〝事件〟で、粉々に壊れてしまった。一家はそれから、転々と住み家を替えることを余儀なくされた。とても雛人形など持ち運ぶ境遇ではなかったと、綾は思っている。

内藤新宿で暮らした記憶はないが、佃島や、房総のどこかに住んだ思い出が、今も朧ろに残っている。

そして、初めてあのような立派な雛人形を見たのは、赤坂の銭取橋近くの裏店に住んだころだった。

その長屋からほど遠くない所に、日本橋の富裕な木綿問屋『島田屋』の寮（別宅）があり、島田屋嘉平の権妻（妾）の菊とその娘櫻子が住んでいた。

一度、この櫻子が病んで、蘭方医を専門とする直兵衛に、緊急のお呼びがかかったことがあった。

そのころ櫻子は十五歳くらい。すでに母お菊は亡く、お下げ髪の櫻子が、何故か〝おひい様〟と呼ばれて君臨していた。

その際、直兵衛は気をきかせて、いつもは〝薬箱持ち〟として息子の幸太郎を連れて行くのだが、この時は十一になる綾を伴った。

年ごろの深窓の娘には、脈診など、肌に触れられるのを嫌がる傾向があって、一悶着起こることがある。寝巻の袖の上からの脈診では分かりにくいので、直兵衛は手先が器用な綾に脈診や腹診のコツを覚えさせ、そんな時のため備えていたのである。

「……お前の手はあったかいねえ」

と櫻子は、脈を見る綾の手を取って、ふとしみじみ言ったのが、忘れられない。櫻子の手はとても冷たかった。

（この人、淋しいんだ）

と綾は思った。いつもひとりぼっち。それは綾とよく似ていた。綾にはまだ両親がいたけれど、友達ができなかったからだ。

綾は気に入られ、よくお屋敷に招かれるようになった。

美しいおひい様で、踊りや琴や三味線を得意とし、まだ稚いたった一人の観客の前で、よく披露してくれたのである。

屋敷の庭には桜の木が多く、春には爛漫と咲き誇る枝が塀から外にまでこぼれており、地元では〝桜御殿〟と呼ばれていた。櫻子の名前も、そこからとったと聞いていた。

櫻子がおひい様である理由を巡っては、下世話な噂が、まことしやかに囁かれていた。やんごとなき血筋に生まれたが、訳あって、親しい付き合いのあった島田屋嘉平に養女として引き取られたと。

つまり話はこうである。少し前、藩の内紛で幕府のお裁きを受けた島津の殿様が、高輪の下屋敷に隠居したという。

そこでお世話をした側女中のお菊が、お子を身籠って、屋敷を密かに出された。お菊は腹に子を宿したまま、取引先だった島田屋の妾となった。そこで生まれた櫻子は、嘉平とお菊の間の子とされた……。

もちろん、何の根拠がある話でもない。

ただ、綾が雛の節供に呼ばれた時、そこに見たのがこの雛人形だった。

「これは薩摩のお雛様……」

とその時、櫻子がそう説明したのを覚えている。

「私はここへ貰われてきた子だけど、郷は薩摩の島津家なの。これは初節供に、そこから贈られてきたものよ」

と櫻子は何のためらいもなしに、言った。〝お大名の落とし胤〟の話を、母親が誇らしげに語ったのかもしれない。

「島津家は古いお大名だから、有職雛という古い古いお雛様を、代々伝えてきたんだって。だから私もこれを持って、お嫁入りするの」

十一の綾は、ただ、へえと頷いて聞いていた。

「あの……すみません、ちょっと伺いたいんですが」

と綾は、帳場囲いの中にいる老人に声をかけた。

「このお雛様の、前の持ち主は分かりませんか？」

「えっ、持ち主だって……？」

老人は驚いたように白いものの混じった眉をひそめ、

「さあ、そんな……今さらねえ」

と綾を上から下までジロジロ眺めた。

「そんなこと訊いてどうするんですね」

「いえ、どうもしないけど、これとそっくりのお雛様を見た覚えがあるので……」

「そりゃあ、人形だからねえ、似たものはどこにもありまさァ」

「いえ、これなんです」

と綾は、我ながら思いがけなくきっぱり言った。

忘れもしないこの后雛の、微かに笑いを含んだお顔。古びているが、ほんの少し光沢が残っている橙色の打掛け。

それに内裏雛の、キリッと引き結んだ凜々しい口許。吊るされた花や鳥の美しい色合い。

本物そっくりなのではない。本物と断定したのだった。これが、あの桜御殿で見た雛に間違いないと。

「………」

綾の剣幕に、相手は驚いて沈黙した。

「これは以前、桜御殿というお屋敷で見た雛に間違いありません。櫻子さまといって、お雛様のように綺麗なおひい様が大事にしておられたんです。お節供には招んで頂いたもんだから、忘れられなくて……。でも、ただ……本当にあのお方が手放したものかどうか、そこが知りたいんです」

これを持ってお嫁入りすると言っていたのに、どうして手放したのか。櫻子の身に、何かあったのではないか。

「ふーん」

この店主にも幾らか情（じょう）があるらしく、頷いて見せた。

「そんなこともありますかね。ただあいにくこれは質流れ品でね。持ち主が、その櫻子さんだっかどうかは分からんでしょう」

「何とか分かる方法はありませんか」

「さあ……。難しいですねえ」

綾は、先ほどもらった小遣いを、そのままそこに置いた。

「あっ、いやいや、そりゃいけません。お役には立てんから」

と老人は苦笑して、紙包みを押し返した。

「ま、ともかく駄目を承知で、ちょっと当たってはみますから。連絡先だけ教えといてくださいよ」

綾は、〝柳橋篠屋、綾〟……とだけ書いて渡した。

二

十一歳で迎えたあの雛祭りの日の光景——。

それは、忘れられないものだった。

綾はその日、友達のいない櫻子に桜御殿の奥座敷に招かれて、ささやかな雛祭りの宴に侍(はべ)っていたのである。

うららかな陽が畳に伸び、へりに反射して小さく光った。桃の花が大きな壺に活(い)けられており、何かの菓子の甘い匂いがした。

女中が雛道具にあるような美しい御膳を運んで来たっけ。

そこにはちらし寿司、蛤（はまぐり）の吸い物、焼魚、煮物など、決まったものが載っていたが、食べたことがないほど美味（おい）しく感じた。

向かいに座ったおひい様は、一体何の話をしていたのだろう。長いお下げ髪が揺れ、しきりに綾を笑わせていた。

自身も笑っていた櫻子の美しい目が、ふと遠くに向けられたのは何時（いっ）ごろだったろう。何……？　と綾が振り返ると、開け放った縁側の向こうに誰かがやって来る。

玄関からの取り次ぎなしに、春の光が眩（まぶ）しく溢れる庭を通って、真っ直ぐこちらに走って来たのである。綾は笑顔のままで見守った。

それは綾の兄で、五つ年上の幸太郎だった。

「綾……！」

と兄はこちらに気づくと叫び、駆け寄って来る。

「綾、すぐ家に戻るんだ。早く早く！」

「まあ、兄様、何ですか」

綾は冗談かと思い、まだ笑みが引かなかったが、嫌な予感が黒雲のように胸のすみに沸いていた。

「父上が……」

その一言で腰が浮いた。

「父上は逃げなくちゃ……」

言いかけてやっと櫻子の存在に気づいてペコリと頭を下げ、再び綾に向かった。

するとそこへ、庭からもう一人の若者が駆け込んで来た。父の弟子で、助手をしている善蔵(ぜんぞう)である。

「坊ちゃん、お急ぎください！　早く支度しないと」

と幸太郎の手を取って、グイグイと引っ張って行く。

幸太郎は体を捻(ひね)って振り返り、何か叫んだ。

「向こうで待ってる……」

と言ったように聞こえたが、向こうがどこだか分からない。

綾は立ち上がり、そばで呆気にとられている櫻子に頭を下げ、そそくさと別れを告げたのだった。

座敷を出る時に振り返ると、櫻子は黙ってこちらを見送っており、雛壇に並ぶ雛たちは、畳に伸びた春の陽の照り返しを受けて、柔らかく輝いていた。

玄関で下駄を履くや、懸命に走った。

だが家に着くと表戸は開かれたままで、シンとしている。

患者の診療に使っている六畳間には、着物やら書物が散乱し、乱れた土足の跡までがついていた。その真ん中に母のお袖が、ペタリと座って泣いているではないか。

髷(まげ)を乱し、襟元(えりもと)を崩し、着物の裾(すそ)から白い太腿(ふともも)まで覗いた。

父と兄と善蔵の三人の姿が、見えなかった。

「父上や兄様たちはどこ？」

目を見開き息を弾ませて問うと、母は黙って外に目を向けた。

綾は再び外に飛び出し、表通りまで走った。もうどこにもその姿はない。直兵衛らはたぶん逃げただろう、その直後に役人が踏み込み、逃げたと知って飛び出したのだろう。

春の日に溢れ、何ごともなく人々の往来する辻に佇んで、綾は涙を流し続けた。また、父上と兄様のいない日が始まるのだ、どうかご無事で逃げ遂(おお)せますように、と心の中で祈りながら……。

父と兄とはそれが最後だった。医術の手ほどきをしてくれた父と、絵や書物のことを教えてくれた兄は、それっきり行方が分からず、もう十数年も会っていない。

何かあった時に綾たちが向かう先は、母お袖の郷里の佃島と決めてある。

母子は時間をかけてそこまで辿り着き、祖母の元に身を寄せて連絡を待った。

だが待てど暮らせど何の知らせもなく、もう生きていないかもしれないなどと、母は心細いことを口にするようになった。

海が眼下に広がるこの佃の実家で、母はやがて寝付いた。寝たり起きたりしながら、三年ほどしてこの世を去った。


草花や木々のこと、虫や動物のことを教えてくれた祖母は、綾の十八の時に他界した。綾は教わった通りに、親戚と隣近所だけに知らせ、簡素な野辺(のべ)の送りを済ませた。

父達の消息を知りたくて、それから佃島を出て、上野で診療所を開いている父の友人を密かに訪ねたのである。

やはり消息は分からなかった。だが父の同志だったその蘭方医に請(こ)われて、その診療所でしばらく働くことになった。後ろ楯を失った綾には有り難いことだった。

桜御殿まで、再び足を運んだのはそのころのことだ。

櫻子に会いたかった。さらに兄が、佃を出た綾の立ち寄り先として、何かの便りを寄せているかもしれない、という儚(はかな)い望みもあった。

だが現実は、思ったよりはるかに厳しかった。

桜御殿は、無かったのだ。

木々は昔ながらに繁っていたが、屋敷は火災に遭ったらしく、母屋が燃えて無残な残骸のまま放置されていた。

驚いて近所の人に訊いてみると、火事があってから、もう七、八年になるという。

その時、主人の櫻子はどこかに隠れていて無事だったが、母屋は焼け落ちた。その屋敷から出火したのではなく、押し込み強盗に襲われて、火が出た。その後、女所帯に不安を感じてか、櫻子はどこかに身を隠し、行き先を知る者はいなかった。

まるでこの事件が前触れだったように、島田屋はその後、経営が左前になり、数年も経たぬうち日本橋の大店(おおだな)を閉じてしまった。

もっともこの時代、倒産は、ひとり島田屋だけではない。激しい政情不安による不景気を、乗りきれない大店も少なくなかった。

ただもともと伊勢商人の島田屋は、高まる木綿人気に応じて伊勢木綿で利益を独り占めしてきた。ところが今はもう、盛んに作られるようになった関東(かんとう)木綿に、太刀(たち)打ち出来なくなったのだ。

桜御殿も人手に渡ったらしいが、手がつけられぬまま放置され、桜だけが毎年美しく咲いては散っているという。

綾は、幸せに暮らしていたあの裏店まで行く気を、すっかり失った。二度とこの町に来ることはないだろうと思った。

櫻子の行方は、あの雛だけが知っている……。そんな夢のような想いを綾が抱いたのは、そうした事情からだった。

三

十軒店の店からはその後、何の連絡もこなかった。

他に手掛かりはないかと知恵を絞ったが、何も浮かばない。

櫻子はもう嫁いだかもしれないが、大事な雛を手放したことからして、おそらく経済的に困っているに違いない……。

そんなことをあれこれ案じるうち、篠屋も雛飾りをした。

もちろんあんな見事なものではなく、内裏雛と雛道具だけを上がり框（かまち）の板の間に飾り、大壺に大量の桃の花を活けるのである。

蔵から箱を運び出して、一応の飾り付けを終えた時、フラリと厨房に入って来た人がいる。あの易者の、閻魔堂大膳だ。

何か千吉に頼まれていたらしいが、あいにく千吉は留守だった。

「先生……」

と綾は、勝手口を出て行く閻魔堂を呼び止めた。

「ちょっと占って頂きたいことがあるんだけど」

「え、何だね？」

何ごとかと思ったらしく、閻魔堂は万年垂れ下がったような瞼（まぶた）を押し上げ、顎髭（あごひげ）をしごいて綾の顔を見た。

「人探しです」

「ふむ、よろしい。だが見料は高いぞ」

言いながら、閻魔堂は厨房に戻った。

〝昔見たことのある雛人形が十軒店に出ていたので、その売り主の消息を知りたい〟とは、お孝や新三郎にも話してある。

この易者にも、同じことを話した。

問われるまま、綾は櫻子の名と、自分より四つ上の生年を言った。

ただ島田屋の名前を口にすると、閻魔堂はハッとしたように手を止めたのである。

「あら、お心あたりでも？」

「島田屋といえば、日本橋の大きな木綿問屋だ。この辺りじゃ、その名は誰でも知ってるさ」

「何か噂をご存じないですか」

「いや……」

閻魔堂は口を閉ざした。

それきりムッと押し黙って、上がり框に道具を広げた。五十本の筮竹（ぜいちく）から一本を抜き、残り四十九本を両手で持ち、ヤッと気合いを込めて両手に半々に持ち変え……。

いつの間にかお孝と、お波がそばで覗き込んでいた。

「うむ、失せ物は出る。尋ね人は見つかる」

珍しく簡単に言って、易者は立ち上がった。

「綾さん、少し時間をほしい。何か分かるかもしれん。あ、見料かね、うん、払えきれんだろうからあとでいい」

と冗談口とも思えぬ口調で言って、易者は出て行った。

それから数日して、また閻魔堂が厨房に顔を出した。

「あんた、今、手が空(す)いてるかね」

と言われ、綾は思わず頷いていた。

「突然で悪いが、ちょっとそこまで付き合ってくれんか」

綾はお孝に目配せし、前垂れを放って、勝手口を出た。

閻魔堂は日差しがきらめく川のほとりまで出ると、柳橋の向こうを指差した。この先に茶店『柳亭(りゅうてい)』があるが、友吉(ともきち)なる男を待たせているというのだ。

「うちの易塾の塾生で、両国の〝棒術館(ぼうじゅつかん)〟の倅だ。いや、わしはちと別の用で会ったんだが、話してみると、以前、桜御殿の用心棒をしてたことがあるらしい。何か話を聞けるだろうから、待たせておいたぞ」

言うだけ言って、閻魔堂は両国橋の方へと去って行った。

綾は、襟元を直しながら急ぎ足で柳橋を渡った。

客のいない茶店の入れ込みに、色黒で肉厚な顔をし、太めだががっしりと鍛え上げた男が、ぽつねんと座っていた。

綾の姿を見ると、先に立ち上がって頭を下げた。お盆を持って来たのはこの家の娘お竹(たけ)で、顔見知りである。

「閻魔堂の先生が、払ってってくれたから」

とお竹は、注文もしていない茶と饅頭を置いて行った。

友吉の自己紹介によると、前に奉公していた女主人の櫻子より、二つ上という。櫻子が十五になった時に、島田屋から身辺護衛のため雇われた。

「棒術の師範だそうですね」

「いやァ、しかし、夜中に賊に押し入られた時は、手も足も出ませんでしたよ。相手は三人いたしねえ」

と友吉はその時の模様を、こう話した。

たまたま桃の季節で、奥座敷には雛段が飾られていた。

真夜中に押し入った賊は屈強な三人組で、用人や女中ら屋敷にいる全員を叩き起こして縛り上げ、美しい女主人を血まなこで探したのだ。

察するに、美貌で評判の櫻子の〝凌辱〟か〝誘拐〟も企んでいたらしいが、その姿はどこにも見つからなかった。

賊もぐずぐずしてはいられない。屋敷の財政を島田屋から託されている用人頭を脅し、蔵を開けさせて、金と財宝を盗み出した。

引け際には、手燭を奥座敷に投げ込んで逃走したという。

友吉は手足を縛る縄を何とか自力で解いて、賊の姿が消えるや、大急ぎで座敷に駆けつけた。そこに、燃え拡がる炎火の中で、必死で雛を庭に運び出す女主人を見たのである。

櫻子はそれまで、雛壇の下の空洞に隠れていたらしい。

雛はすべて助けられたが、母屋は焼け落ちた。

「櫻子様はそれからどこかに移られた時、お雛様も持って行きなすったんですか？」

お茶を啜って、綾は問うた。

「いや、雛は蔵に置いたままだったんじゃないかな」

「友吉さんは一緒に行かなかったんですか」

「いや……島田屋からクビになっちまってね。わしという用心棒がいながら、押し込みにやられたんだから、ざまァないです」

と友吉はそのぷっくりとした頬を歪めて笑い、肩をすくめた。

「で、櫻子様の移り先は？」

「さあ、そこまでは……」

「島田屋ってことはないですよね」

「そりゃそうです。そうじゃなくて……」

と友吉は首を回してコキコキと鳴らし、声を潜めた。

「島田屋さんも、行き先を知らなかったんだから」

「え？」

「誰に断りもなく、黙って出て行っちまったってこって」

「でもどうやって……。お蔵のお金も盗まれたし、まだ十七、八の、世間知らずのおひい様に、そんな大胆なこと出来るのかしら」

「そこなんですよ、自分も不思議なのは」

友吉は奥歯になにか挟まったような口調で言い、また首を回した。それきり遠くを見るような目付きで黙り込んでいる。

「お竹ちゃん、熱いお茶をこちらにね！」

と綾は、暖簾(のれん)の向こうに叫んだ。大事な時にお茶を頼むのは、お簾から学んだことだ。

「はーい、ただ今……」

お竹のチャキチャキした声を聞いて、綾はまた友吉に向き直った。

「あのね、友吉さん。もう古いことなんだし、島田屋さんももう日本橋には居ないんです。ここで何を言ったって、どこにも差し障りなんてないんだから」

「いや、わしもそう思とりますが、ただ、まあ、……」

「それを聞かせてもらえません？」

「つまりね、どうも薩摩の手引きがあったんじゃないかと」

「えっ、薩摩の？」

「あれから、藩の抱え屋敷に匿われたんじゃないすか」

「そう思う根拠は何ですか」

「いや、島田屋さんが、言っとったですよ。どうもそうではないか、何かしらの手引きがあっても不思議はないと」

「はあ……」

広大な薩摩屋敷は、御府内に四つもあると聞く。そこに逃げ込めば、さしも極悪の盗賊でも手が出せないだろう。もっとも屋敷の内部と、何らかの連絡手段があればの話だが……。

「じゃ、雛人形は、島田屋さんが売ったということですか？」

「それ以外、考えられませんや」

友吉は、運ばれて来た熱い茶をふうふう吹きながら啜った。

「でも、どうも良く分からないんだけど」

と綾は首を傾げ、モヤモヤした気分を露わにした。

「どうして、島田屋に助けを求めなかったんでしょう。嘉平さんとは義理の関係とはいえ、あくまでお養父さんでしょう。薩摩の殿様が実の父であったとしても、そちらの方が、気軽に助けを求めやすいんじゃないかしら」

「そういえばそうですが、そうでないといえなくもない」

と不得要領な顔をして、友吉は茶碗を置いた。

どうもこの友吉は、のらくらして煮えきらず、はっきり物を言わないたちらしい。

「ただまあ、身を隠すには薩摩藩邸が一番ってことでしょう」

四

頷きながら、すこし奇妙な気がした。

身を隠す……一体、誰から？

頭の中に、何かが回りだした。背後に控える養父を差し置いて、なぜ薩摩屋敷にまで、助けを求めたのだろうか。

莫大な経済力を持つ島田屋は、金と力を駆使して、櫻子を安全な所に移し、用心棒を増やすなど、強固な安全策を講じてくれるだろうに。

気がつくとそんな疑問が、頭の中に居座っている。

「櫻子様は、嫁ぐまであの御屋敷にいるつもりだったと思うけど、嫁ぎ先は決まっていたんですか？」

「いや、それはまだ……」

と友吉は、微かにいわくありげな表情を見せた。

「まだ？　もう十八なのに……」

そこへ、芸妓らしい二人の女が入って来て、衝立の向こうの畳に上がった。お竹ちゃん、いつものお汁粉ね……。

賑やかな若い笑い声を聞きながら、綾は何かしらドキッとした。

お下げ髪の初々しい櫻子が、自分の記憶にある。だがそれから二、三年後では、妖艶な美女になっていただろう。

嘉平にとって櫻子はすでに娘ではなく、〝女〟だったかも？

そんな疑念が浮かび上がり、綾は沈黙した。

「ああ、私、思い違いをしてたかもしれません。櫻子様は、賊から逃げたとばかり思い込んでいたけど、もしかして……」

その先を言い淀んだ。すると友吉は、微妙な表情を浮かべて俯き、残りの茶を啜りあげた。

「そうです、正直に言っちまいますとね、あの旦那は、実に抜け目のない人でしたよ。用心棒といわれて御屋敷に上がったけど、命じられたのは見張りだったんだから、逃げられないためのね」

「…………」

「すべて好き放題にさせて、お稽古事もやらせて可愛がって、閉じ込めておいたんです。わしはただの朴念仁で、金を貰えばそれでいい男だが、どうもあの旦那には賛成できんかった」

目の前が、パッと開けたように綾は感じた。

自分の世間知らずに、愕然とした。

（ああ、そういうことかも）

この世知辛い時代、豪商の嘉平が、養女に桜御殿で贅沢三昧な暮らしをさせていた裏には、立派な理由があったのだ。

おそらく櫻子は心の中で、嘉平を受け入れることも、妾としてこの屋敷に止まることも、拒んでいたに違いない。密かに逃亡計画を練りながら、その機会を待っていただろう。

「あの、もしかしてその強盗も、狂言だったんじゃないかしら?」

一瞬閃いたことを、思わず口走っていた。

「それは……」

首を傾げたきり、友吉は黙っている。はっきりそう断定するのを、ためらうふうだった。

「押し込み強盗も、火事も、櫻子様の仕組んだことじゃないですか? 友吉さんだけが、それを知ってたんでは……」

「いや、滅相もない。目の前で屋敷が燃えたんですよ。わしらだって、もしかしたら焼け死んだかもしれないんだ。そんなはずないと……あのおひい様にそんなことが出来るはずはないと、そう思ったですよ。旦那さんには従順で、逆らうこともなかったしね」

友吉は頬を膨らませて言った。

雛を愛し、踊りを楽しげに舞い、琴を美しく奏でていた櫻子。それもまた狂言だったのだろうか。

「まあ、あんたの言う通りかもしれんが、わしはどうも、あんまり優秀な用心棒じゃなかったです。おひい様に都合悪いことは、旦那さんにはいっさい報告しなかったしね……。クビになる時、給金泥棒と言われましたよ。ハハハ……」

綾は頭を下げた。櫻子が逃げおおせられたのは、このやる気のない用心棒のおかげだったのかもしれない。

「こんなわしがあれこれ言うのもおこがましいんだが。ただ、あの時押し入った賊は、薩摩者だったと思いますよ。連中が口にしたのは、カネ、カネ……ばかりで、ほとんど口をきかなかった。あれは、薩摩訛(なま)りを隠すためだったんじゃないですかねえ……」

「まあ、やっぱり」

綾は目を見張った。

桜御殿の火事と女主人の失踪は、櫻子が考え出して案を練り、何らかのツテを辿って薩摩者にやらせたのに違いない。その大方のことを、この人は、たぶん知っていたのだろう。

「じゃ、そのあと、櫻子様は薩摩に行かれたとか？」

「いや、それはどうですか。あのお殿様はとうにお国元に帰ってたし、おひい様も、頼っていけるような立場じゃないでしょう」

「でも、他に誰か頼れるような相手はいたんですか？」

「うーん、たぶん……いなかったと思いますよ」


篠屋に戻った時、あの雛人形を巡って、ずいぶん遠くまで旅して来た気分だった。

櫻子は今ごろどうしているだろう、と思うと胸が痛んだ。

薩摩藩士の奥方にでもなっていて欲しいが、活計(たつき)を求めて辛(つら)い世界に身を沈めていることもあり得る……。

だがもう心配は、しないでおこうと思う。

あのおひい様も、自分と同じさすらい人だった。自分がこうして折り合いをつけて生きているように、きっとどこかで、折り合う道を見つけて生きているに違いない。

もう会うこともないだろうと思った。


雛の節供も終わって、綾は雛壇を片付け、日常に戻った。

十軒店から連絡があったのは、そんな時だった。

あの古物商が、神田川を篠屋の舟で下っていた船頭竜太に、綾への手紙を託してくれたのである。

竜太は昨年の秋から船頭見習いとして、磯次に付いていた。

まだ客を乗せては漕(こ)がないが、この二月末から近場の上り下りだけ、客を乗せて猪牙舟(ちょきぶね)を操(あやつ)っている。

店主は桟橋に立ち、篠屋の猪牙舟を待っていたらしい。

〝一筆啓上〟で始まる、達筆な筆で綴られた手紙は、あの雛が売れたということを知らせてきた。

買い主は、変理(ヘンリー)さんというイギリス人で、身分は英国公使館一等書記官で、通訳も兼ねているらしい。

帰国が迫っている変理さんは、国に持ち帰る日本土産(みやげ)を、雛人形にしようと考え、秘書兼通訳の池内藤吉(いけうちとうきち)なる日本人に頼んでいた。

池内藤吉は、十軒店の雛市で何点か候補を見つけていたが、その中にあの薩摩雛があったという。

店主はその藤吉に、綾から聞いた〝櫻子姫〟の話をした。そこらの駄雛とは違うと主張して、〝薩摩雛〟を売り付けたかったらしい。

数日後に藤吉がやって来て、その薩摩雛に決めたという。

そして、変理さんのこんな伝言を伝えてよこしたと。

〝Sakurakoさんの話が面白く、もっと詳しくお聞きしたい。

なぜなら自分は、Sakurakoという女性の名に覚えがあるからだ。そのことにもし興味があれば、一度会って、話を聞いてもらえないか。

自分から出向きたいが、江戸の町は外国人には大変危険だから、居留地から出られない。おまけに出発日が迫っていて毎日大忙しで、時間が取れない。来て頂けるなら(あくまでそちらのご都合次第だが)、勝手ながら次のような段取りにしたいと思う。

もし来れなかったら、すっぽかしてくれていい〟

ということで、場所と日にちが記してあった。

日にち：三月七日　午後八つ（二時）

待ち合わせ場所：築地の『西本願寺』表門

表門に、自分の秘書役である池内藤吉が立っている。

自分は近くに居るから、池内の案内に従って欲しい。

変理

五

その日、綾は昼飯を終えてすぐ、竜太の漕ぐ舟で大川に出た。

空は曇って日差しはなく、柔らかい川風が暖かく感じられた。

篠屋の半纏（はんてん）を着ているが、竜太はまだ目見え（見習い）である。それでも神田川を上り下りするだけなら、結構お役を果たしている。

お簾や、近所の顔見知りに限って、

「わしの舟に乗るなんざ、命知らずだねえ」

などと嘯（うそぶ）きつつ、無料で猪牙舟に乗せている。

だが大川に出るのは、これが初めてだ。

〝大川初登場〟も近いのを見越した綾は、竜太の舟馴らしを兼ねて、少し遠出してもいいか、とおかみに願い出た。

「ああ、お花見には、一人前の船頭として大川に出なくちゃいけない。そうだねえ、少ししごいておやりな。ただし……」

舟が引っくり返っても面倒は見ない、との条件付きで赦（ゆる）されたのだ。

それにしても……と綾は物思いに耽った。

〝変理さん〟なる異人は、一体自分に何を話すつもりだろう。何を聞いたとしても今更驚くまいが。

変理さんに騙されてるんじゃないか……という不安から、綾は千吉に頼んで、あの雛人形の送り先を確かめてもらった。

だがそれは間違いなく、高輪泉岳寺(せんがくじ)前の〝イギリス公使館〟に送り届けられ、変理某の手で受け取られていたのである。


舟は浜町のお屋敷群を右手にしながら、大川を下る。

綾は、揺れる舟の縁に摑まりながら、胸を轟(とどろ)かせて景色を眺めた。

白い都鳥(みやこどり)が飛び交う新大橋(しんおおはし)をくぐって、越前堀(えちぜんぼり)のそばを通過する辺りから、左手前方に、懐かしい佃島が見えてくる。

もう何年帰っていないだろう。祖母と暮らした歳月が浮かんで、つい舟の縁に身を乗り出していた。

すると竜太は、綾が船酔いしたと勘違いしたらしい。

「……気分が悪かったら、遠慮なく吐きなよ。なに、大丈夫、川の真ん中に出なけりや危ねえこたァねえんだ。この辺は慣れてるし」

親方の漕ぐ屋根船で、はるか下流の浜御殿まで行ったこともあるんだ、と竜太は言った。

「でも、自分で櫓を漕いで来るのは初めてよね」

「いや、そうでもねえさ。ここだけの話、そこの八丁堀まで、千吉兄いを送ったこともあるんだ」

などと、しばしば決まりを破っていることを白状した。

河口に近づくにつれ、頬を掠める川風に、潮の香が混じった。

綾は、大川の終着点に位置する明石町で、舟を下ろして貰う。

舟は竜太に任せ、ほぼ一刻（二時間）後にここで落ち合うことにして、築地本願寺に向かった。

地図を片手に、キョロキョロしながら足早に進んだ。

この本願寺は浄土真宗の寺で、昔は浅草御門南の横山町にあった、と祖母に教わっている。

だが江戸の半分以上を焼いた、明暦の振袖火事で延焼し、以後は区画整理を理由に、同地での再建が許されなかった。

やっと幕府に与えられた代替地は、八丁堀沖の海上だったという。

しかし佃島の門徒らが中心となり、二十年がかりで海を埋め立て、その造成地に寺を再建した。この地が〝築地〟と呼ばれるのは、そうした背景があるのだと。

賑かな築地門前町を抜けて行くと、長い塀に囲まれた境内の奥に、本堂の大きな屋根が見えてくる。緑に囲まれたこの大屋根は、海からも佃島からもよく見えて、人々の目印になった。

だが綾が寺に来るのは、これが初めてだった。

長い塀に沿って回り込むと、見事な表門が見えてくる。この門を潜って境内を真っ直ぐ進むと、あの本堂である。

綾は門のそばに立ち止まって、辺りを見回した。

どうやら団体が船でやって来たらしい、老若男女の参詣者らが、門前に大勢群がっている。

道端にしゃがんで一服している夫婦者らしい老人、客待ち顔の駕籠(かご)屋、そんな人々の間を走り回って、花林糖(かりんとう)や飴(あめ)を売りつける子どもがいた。だが、どうやら池内藤吉はまだ来ていないようだ。

今度は、門から境内を見回してみる。

ぞろぞろと本道に向かう人垣の向こうから、僧侶が列をなして出て来るのが見える。賑やかで、のどかな光景だった。

誘われるように境内に一歩入って、中を眺めて見た。

寺にこれだけの人出があるのに驚き、辺りを見回していて、ふと誰かの強い視線を感じたのである。誘われるようにそちらに視線を向けて、目が一点に止まった。

蕾が膨らみ始めた桜の木の下に、女人が立っている。

そういえば先ほどからこちらを見ていたような気がした。その顔ははっきりとは見えないが、細面に丸髷をキリッと結って、様子の美しい人である。

地味な紺系の生地に、柔らかい桜色が花びらのように散った友禅を着て、婉然と微笑んでいる人。

じっと見るうち、胸の底で何かが弾けた。まさかあの人は……。

「……お分かりですか?」

その時、そばに寄って来た男がいて、耳元で囁いた。

「手前は池内ですが、ほれ、あそこをご覧なさい。木の下に立っておられるお方が、変理さんの奥さんですよ」

「…………」

「ご夫妻は明後日には江戸を発って、英国へ向かわれます。今日はゆっくりお話しなさってください。手前はこれで失礼しますから」

言うと、男は離れて行った。

その女人は小さく手を振りながら、近づいて来る。

(お前の手はあったかいねえ)

と言って、広いお座敷で擦り合わせた、あの白く冷たい手。その手が今、春のざわめく空気の中でひらひらと揺れている。

あのお方が、櫻子様……。

櫻子様は変理さんの奥さん……。

そんな思いが、驚きで固まっている脳裏にぐるぐると渦巻き、踏み出すことも、笑って手を振ることも出来ずに突っ立っていた。

ただ、あのお雛様も、櫻子様も、もうすぐ終(つい)の棲家(すみか)に旅立つんだと思うと、むしょうに涙が溢れて止まらなかった。

第六話　夜桜銀次

一

桜の花を急かすように降る雨を、〝催花雨〟というそうな。

数日降り続いた雨は、それには程遠い土砂降りだったが、上がってみると日差しが急に柔らかくなった。

蕾も膨らみそうなそんな午前、濡れ雑巾を手にバタバタと動き回っていた綾は、掃除したばかりの表玄関に、影のように立っている男に気がついた。

歳のころは三十前後か。

がっちり筋肉のついた細身の身体に、焦茶の印半纏をまとっていて、その襟に白く染め抜かれている屋号は〝蛯沢屋〟だ。

手拭(てぬぐ)いを道行き被(かぶ)りにして、耳の下で結んでいる。

真っ黒に日焼けした面長(おもなが)な顔は秀麗に見えるが、瞼(まぶた)から頬にかけて一筋の傷があった。

舟の客かしら……とまず思った。

いや、もしかしたら口入屋(くちいれや)から紹介されて来た、新手の船頭志願者かもしれないとも思う。

「いらっしゃいませ、舟のご用ですか」

とざっくばらんに問うと、いや、と男は首を振った。

「旦那に取り次いで貰いてえんで」

「ああ、あいにく、主人は留守しておりますが」

「では、おかみさんを」

「おかみさん……」

綾は、自分の見込み違いに気づいた。

「あの、どんな御用でしょう?」

「ちょっと伝えたいことがあるんでね。おかみさんが留守なら、待たして貰いますぜ」

笑みの浮かんだ秀麗な顔から、ドスの効いた声が返ってきた。

綾はドキリとして、思わず姉さん被りの手拭いを外した。

素性の悪そうな相手が来た時は、すぐには取り次がず、まずは用件を訊いて、居留守を使うかどうか判断する……それが篠屋の決まりである。

綾はどうするか考え、迷って彷徨わせた目の端に、階段を降りかけたまま様子を伺っているお波が見えた。

お波はしきりに指で帳場を指している。

そう、お簾は帳場にいるからここはもう出てもらったら、とお波は言っている。綾も同じように判断して、言った。

「すぐ呼んで参りますので、御用向きをお聞かせください」

「こちらの船頭のことで話がある」

すると一呼吸おいて、帳場の方から足音がした。様子を伺っていたお簾が、櫛巻にした髷を指先で直しながら出て来たのだ。

「大変お待たせ致しました」

と上がり框に座って、軽く頭を下げる。

綾はその斜め横にそれとなく控えて座った。何かあってはの不安もあったが、好奇心を唆られてのことである。

「おかみの簾でございますが、どちら様でしょう？」

男はすぐに手拭いを外し、頭を下げた。

「手前、千住南の船宿蛇沢屋の船頭で、夜桜の銀次という者でござんす。大川端防水組合の世話人もやらせて貰ってますんで、どうかお見知りおきを」

「はあ、大川端の、千住南の蛇沢屋さんの……夜桜様ですか。御苦労様でございます」

「さっそくでござんすがね、こちらさんに、威勢のいい若い船頭が居なさるね」

「はあ？　船頭でしたら五人おりますが、皆、威勢のいい若い衆ばかりですよ」

「へえ、そいつはお見それしやした。いや、つい最近、船頭になったばかりの若衆でござんすよ」

「はて、その者がどうかしたんですか？」

「へえ、ちょいと顔を貸してもらいてえんで」

「どういうことでしょう。うちも手が足りない中をやりくりしてますんでね、そう気軽に呼び立てされちゃ困りますよ」

お簾の声が少し険しく、高くなる。

「いえね、ぶっつけてくれたんでさ。あっしの猪牙の舳先に、篠屋の猪牙の舳先がぶつかって、ちょいと困ったことになっちまって……」

銀次の猪牙舟の舳先にヒビが入り、修繕に出さなければならなくなったというのである。

「ええ？　いつのことです？」

「昨日のこってさ」

「昨日？　まさか！　この二日は天気続きでしたよ」

「その前は五日も雨が続いて、川はまだ水で膨れてましたぜ」

「でも舳先がぶつかるのは、よくある事だけど、ヒビが入るなんて聞いたことない。うちの船頭からは何も聞いてませんよ」

「だから顔を貸してもらいてえんで。一目、見りゃわかる。修繕に出す前に、ちゃんと確かめてもらいてえんでさ」

「まあ、何だねえ、お人違いじゃないですか、夜桜の親分さん。朝っぱらからよしておくれな」

お簾は柳眉を逆立てた。

日ごろから、荒くれの船頭を仕切っているお簾は、怯むどころか、いつもの強気が倍加したような勢いだった。

「それにねえ、そもそも猪牙舟というものを、よくご存知なんでしょうかね。舳先がぶつかったくらいで、そう簡単に割れたり、ヒビが入ったりするもんじゃないんですよ。よくお調べになって出直してくださいましな」

まくし立てられ、さすが舌の滑らかな夜桜の銀次も、少々押され気味に手を振った。

「おかみさん。あっしも十七年、船頭をやらせてもらってるんで、昨日今日の篠屋の坊やたァ、わけが違います。こっちも、えらく驚いてるんでね、まずはちゃんと事情を聞いて、事実を確かめてもらいてえってわけですよ」

「……どうしろと言うんです？」

「舟は千住の蛯沢屋にあるんでね。そこまで来て貰って、確かめて欲しいんでさ。今すぐたァ申しませんが、明日までには……」

「あのね、ちょいと、言わせてちょうだい。事故があったのは昨日でしょう。その舟と、いま蛯沢屋にあるのが同じものだと、ちゃんと証明して頂けるんでしょうね。猪牙舟なんて、このお江戸に、七百艘だかあるんですからね。どれもみな同じですよ。昨日、事故にあった舟を、一晩おいて見せられるなんて、昼日中に夜桜でも見るみたいな、寝ぼけた話じゃないですか」

「おやおや、おかみさんもお口が悪い。あっしが舟に細工したとでも言いなさるんで？」

銀次は舌先で、薄い酷薄（こくはく）そうな唇を湿した。

「まあ、あっしも、そういうこともあるかと思ってね、その時乗っていたお客さんが降りる時に、舟の傷を見て頂きやしたよ。お名前も控えさせて貰ったんで、へえ、もしお疑いの向きなら、いつでも証言してくださるはずですよ」

「…………」

その抜け目なさに、さすがにお簾は口を閉ざした。

「それと、この舟は、あっしの専用なんでさ。夜桜ってのは、背中に桜を背負ってるからなんで。それにちなんで、船の胴体に桜を描き込んであるんです。間違いようがねえんでさ」

「そうは言いなすってもね、親分さん……」

劣勢になったお簾は、怯まないで言った。

「今のお話についちゃ、このまま承（うけたまわ）るわけにはいきませんよ。ええ、よく確かめないことには……」

「すまねえが、こっちは商売道具なんでね。早いとこ手を打たねえと、商売上がったたりなんで。もし猪牙で出て居なさるなら、いずれお帰りでしょう。あっしはここで待たして貰ってもいいんですぜ」

「さあ、お客様もありますんで、ここでお待ち頂くのは遠慮してくださいまし。お申し越しの件は伝えておきますから」

「へへ、ここに座り込まれちゃ、まあ、ご迷惑ですかね。しかし長引けば、篠屋さんにご迷惑かけさせることになりますよ」

　銀次は、なかなか引き下がらない。一刻も早く首根っ子を押さえたい気持ちが、ありありだった。

「ともかく早く来て貰い、あっしの猪牙を見てくれるように。見た上で、これはテメエがやったと認めてくれりゃ、それでいいんで」

「言っておきますが、逃げも隠れもしませんよ。篠屋はお上(かみ)の鑑札を頂いた船宿ですから。無法はお上が許しません」

「ほうほう、どちらが無法か、判断は明日まで待ちますか」

「そうしてくださいましな。これからよく調べて、一両日中には行かせますよ」

二

「竜太はどこ、竜太をここにお呼び！」

帳場に引き上げるや、お簾は額に青筋を立て、番頭の甚八に当たり散らした。

「え、まだ出て来てないって？　あの馬鹿、また何かやらかした上、寝坊までしてるのかい」

するると意外にも、襖の外で太い声がした。

「へい、手前が呼んで来やすよ」

その声は船頭の勇作（ゆうさく）である。

「おや、まだいたのかい？」

当直を終えて、朝飯の茶漬けをかき込んで帰りかけた時に、あの夜桜某とお簾の掛け合いに遭遇したのである。やりとりを、厨房につっ立ったまま聞いていた。

まだ調理人の薪三郎は出て来てないが、そこにはお孝が作業の手を止めて耳をすましていたし、お波もいた。

「へえ、あんな話を聞いた日にゃ、帰るに帰れませんや。あの竜の馬鹿野郎めが、あんなゴロツキに引っかかりやがって……」

勇作は二十五歳。まっ黒で真四角な顔の中に、黒々とした眉が勇猛に跳ね上がり、大きい口に唇が捲れ上がっている。

船頭が天性と思えるように気性が荒く、喧嘩が飯より好きなので、〝勇み肌の勇作〟と呼ばれている。

「ああ、勇さん、竜太を叩き起こすだけでいいよ」

とお簾は言った。

「お前はそのまま帰ってお休み」

「……お早うッす」

寝ぼけ顔で、竜太がすっ飛んで来た。

そうっと帳場の襖を開け入ると、入り口近くに畏まって座る。

まだ二十歳だが生え際がやや後退し、全体に薄毛だった。真っ黒な面長な顔に、吊り上がり気味の細い目。耳がやや大きく、これを自在に動かせるのが特技だった。

「おや、何だねえ、もっとこちらへお寄りな。そんな所にいられちゃ、話しにくくてしょうがない」

長火鉢の向こうで昨日の船頭日誌を見ていたお簾は、顔を上げるや、形のいいしっかりした眉を吊り上げた。

「お前さん、また何をしでかしたんだい？　大体、何なのこの日誌は。ずっと、真っ白じゃないか。あったことは必ず書きつけるよう、あれだけ言ってるのにちっとも聞いてやしない」

「一体ェ、何があったんすか」

竜太はそっと畳をずって近づき、長火鉢の手前で言った。

「こっちが訊いてるんだよ、寝ぼけるんじゃない」

「へえ」

「へえじゃないよ。昨日、一体何をやらかしたのか、お前に訊いてるんだ。いいかい、竜太、誤魔化してると話がややこしくなる。ともかく正直に話しておくれ」

「正直もクソもねえっす。そこに何も書いてねえってことは、何もなかったてェことでさ」

「綾さーん、お茶を淹れておくれな」

とお簾は言い、首を振った。

「お前と話してると、こっちの勘が狂うよ。先ほど、夜桜ナントカいう恐い兄さんが来たんだよ」

「ああ、おかみさん。その話についちゃ、さっき勇さんにザッと聞いたんすがね。なんか知らねえが、とんでもねえ言いがかりでさ。わしは、その〝夜桜ナントカ〟ちゅうべらさく野郎に会って、ぶちかましてやりまさあ」

「…………」

怒り心頭でいきり立っていたお簾は、異邦人を見るような顔で、まじまじ竜太を見つめている。

そこへ、綾がお茶を運んで来た。

「聞いた、綾さん？」

すぐに茶碗に手を出して、啜りながら言う。

「この竜太ときたら、能天気もいいとこさ。向こうさんは、船の舳先が割れたのヒビが入ったのと、威し半分で捩じ込んで来てるってのに、ぶちかましてやるだなんて。盗人猛々しいってこのことだ。なにか言っておやりな」

「竜さん、あんた、お酒残ってんじゃないでしょうね」

綾がここぞとばかり口を挟んだ。

「何だよ、綾さんまで、何言ってんだか……」

「いえね、あんた一人の問題で済めば、おかみさんも何も言いなさらないんだよ」

実際のところ、綾は心を痛めていた。

竜太は相変わらず生意気で、しばしばとっぴなことをやらかした。それが竜太ひとりに収まらず、篠屋の信用に関わることが多いため、仲間の船頭からは迷惑がられ憎まれていたのだ。

「ともかく何があったのか、本当の話をしてごらん」

「へ、いつだって本当じゃい……」

と竜太は小さく呟きながらも、舌で唇を湿した。

「川が荒れてたんすよ。川がうねりゃ、船も揺れまさァ」


この年は、春先になって冷たい長雨が続いた。

大雨で大川が増水すると、川べりの町は恐ろしい騒ぎになる。

両岸からなだれ込む泥水で、川は夜目にも膨れ上がり、豪音を立てて流れ下るのだ。

その音が、灯り一筋ない真っ暗な天地に轟(とどろ)くさまは、今にも何か起こりそうな物凄いものだった。

もし上流で橋が落ちると、それが流れて来て下流の橋桁(はしげた)にぶち当たり、その橋をも壊す恐れがある。

だがこの辺りの土地っ子は物見高いのか、それを恐ろしがる一方で、面白がってもいた。

「洪水で荒川の橋が流されたらしい」

「千住の大橋が危ないそうだ……」

などとてんでに言い囃すから、あらぬ情報が飛び交った。

挙句にこの雨の中、千住南まで水を見に行く物見高い者が現れ、それに続く者が列をなす有様であった。

対岸の向島の土手や、花川戸辺りの川っぷちが、そんな水見物の野次馬で埋まるのだから、騒がしいことこの上ない。

そんな客が、遅くなって、濡れねずみで篠屋に飛び込んで来る。

酒が入ると、永代橋がどうしたの、新大橋が流されそうだったのと、見て来たような話で盛り上がった。

だが磯次のような古参は、大嵐による〝秋出水〟は警戒するが、

「春の地水の膨れは、てえしたことにゃならんのさ」

と少しも慌てない。

雨が上がっても川は荒れていたが、二日めには舟を出した。

この三月半ばから竜太は一人前となり、猪牙舟を操って大川に出ていたが、この日も親方の磯次は、二、三の注意を与えただけで櫓を許した。

昨年の秋、内田屋の口入れで篠屋に来た時、竜太は小舟ひとつ漕げず、泳ぎさえも出来ない、まったくの木偶の坊だった。

それが熟練の磯次を師匠と仰ぎ、罵られながらも一日中櫓を漕ぎ回し、寝る間も惜しんで乗り続けた。

勘が良く、覚えも早かったから、周囲の予想を裏切ってめきめき上達した。瘦身にも筋肉がついて、少しは船頭らしい体形になっていた。

今はまだ近距離に限られていて、上流は山谷堀辺りまで、下流では鉄砲洲辺りまで。荷船が行き交う水路には入らない。

そんな決まりごとを守っていれば、問題はなかった。

ところが竜太は規則を守らないため、騒ぎが持ち上がる。

お客を降ろしてからだが、各藩の荷船がギッシリ蔵の前に並ぶ隙間をぬって凄腕の船頭が行き交う日本橋川に入り込み、にっちもさっちも行かなくなって、船番所に突き出されたことがある。

海に出るのもご法度（はっと）なのに、品川（しながわ）まで遠出し、海が荒れて遭難しかかって、地元の船に曳航してもらって帰ったこともあった。

昨日の大川は、晴天だったが、まだ水量が多くうねりがあって、上りと下りでは、力の配分に気を配らなければならなかった。

そこへ船が混み合っていた。

だが磯次は、午後からの運行をこの新米に許したのである。

三

竜太は午後から乗り始め、深夜にかけて山谷堀まで三往復した。

もし〃事件〃と呼べるものがあったとすれば、まだ明るい夕まぐれのことだろう。

場所は〃御厩河岸（おんまやがし）〃の近くである。

幕府の御米蔵がたち並ぶ河岸のことで、その先に御米蔵に付属する厩（うまや）があるため、そう呼ばれている。

その河岸にある船着場が〃御厩の渡し〃で、浅草界隈への入口にあたる。対岸の本所石原町と結ぶ便利な水路だったから、八艘の渡し船が、大川を横切って頻繁（ひんぱん）に往来していた。

だがこの渡し船は、強い川の流れを横切るため、昔から転覆事故が多く、俗に〝三途の渡し〟ともいわれていた。

気の荒い船頭のこと、ちょっと触れたの触れないので揉めることもある。ちなみに猪牙舟の客は、山谷堀まで、お一人様を、一方の渡し船は一度に大勢を運ぶ公共の乗り物である。

そのためどちらの船頭も、それぞれ誇りのありどころが違っていた。

また蔵の並ぶ河岸には、食べ物を売る茶船などもウロウロし、さらに沖に泊まった大船から荷運びの荷足船が往復して、いつも混み合っていた。

そんないろいろが重なって、この渡しは大川の難所の一つとして、磯次から注意を受けていた場所なのだ。

竜太はこの時、客を乗せて上流へと漕いでいた。

御厩河岸に差し掛かった時、右手に渡し船がやって来るのが見えた。五、六人の船客を乗せていて、船脚が速い。

渡し船には、猪牙舟が譲るのが普通だが、まだ少し距離があったため先に通り過ぎようと、竜太は思い切って櫓を漕いだ。

その時、上流から下って来る猪牙舟があった。そちらもまた、左手から渡し船が来るのを見て、先にここを通り過ぎようと急いだらしい。

結局、竜太の舟の舳先が、その舟の舳先に触れたのだ。

普通であれば、すれ違える距離だったのに、渡し船は速力を落とさず止まる気配もなく迫って来た。それを避けようとして二艘は同じ方向に舳先を向けた。

一瞬、ガツンと音を立てて、尖った先が触れ合ったのである。

「オッ」

と竜太は叫んで、思わず相手の舟を見た。波に揉まれて揺れていたが、傷などなかったように思う。

相手もチラとこちらを見、〝このトーシロウが！〟と叫んだようだったが、風にかき消えた。

結局、二艘の舟はそのまますれ違い、それぞれ上流と下流へ離れて行った。渡し船はその間を、ゆうゆうと御厩河岸へと近づいて行ったのである。

「てめえ、トーシロウと吹っかけられて、言い返したろうな？」

話し終えたとたん、そんな声が飛んできた。

これから長屋に帰って寝るはずの勇作が、竜太について来たのである。帳場にはいつの間にか、磯次と千吉も加わっていた。

「あ、いや、特に……」

「それでも船頭かよ、不甲斐ねえ野郎だ」

とやおら立ち上がって蹴りを入れようとしたが、そばの磯次に止められた。

「何て言やいいんだよ、兄い」

「一昨日来やがれ、この唐変木が……ぐらい言わねえと。ぼやッとしてるから、なめられたんだ」

「お止し、勇さん。そんなことじゃないんだ」

とお簾はたしなめ、磯次を見た。

「磯さん、どう思う。大したことじゃないねえ？」

「ちげえねえ。川が混み合うときは、その手のことは日常茶飯だ」

と磯次は頷いて言った。

「喧嘩になるこたァよくあるが……だからって根に持ったり、訴えたりは、まずしねえな。わしら、風まかせ、波まかせの商売だ。ままならねえからって、お天道様を怒鳴るわけにゃいかねえんで。目の前にトンチキ野郎がウロウロしてりゃ、飛んで火に入る夏の虫ってんで、憂さ晴らしをするわけだ」

「でも、あの抜け目ない銀次がねじ込んで来た以上、やっぱり何かあったってことじゃないの。竜太、その辺はどうなんだい」

「何もねえッす、言った通りでさ」

「ところでお前、先方が誰だったか知ってた？」

「あ、いや……」

竜太はうろたえた。

あれは一瞬のことだったし、櫓さばきに必死になって、言葉を返すどころか、相手がどこの誰か見る余裕もなかったのだ。

「ちゃんと教えたろうが」

と磯次の叱咤の声が飛んだ。

「舟がぶつかったら、当てられ損にならねえよう、まず先方の船頭の法被を見ろとな。そこには屋号が染められてる。幾ら慌てても、相手もロクに見ねえんじゃ、トーシロウ呼ばわりされても仕方ねえぞ」

「……」

「相手は、蛯沢屋って千住の船宿なんだよ。お前、それも見ないで、舟の舳先に傷がなかったなんて、言えるのかい」

　竜太の顔が、少し引きつった。

「夕方で、水面は荒れていて、よく見えるはずがねえ」

「そういえば、お前は以前、千住南にいたんじゃなかったっけ。何か心当たりはないのかい？」

　お簾はひどく案じ顔である。竜太は柳橋に来る前は、千住辺りで有名なワルだったのだから。

「いや、蛯沢なんて知らねえす……」

　と竜太は大きく首を振った。だが何か浮かぶものがあるらしく、急に黙り込んだのを綾は目に止めていた。

「おかみさん、それで先方は、何だって言うんでさ。舟を見に来いってェ話なら、おれも行きますよ」

　責任を感じたらしく、磯次が申し出た。

「いえね、しょうがないから、明日迄に行かせるって言っといたんだけど……。こんな時に見に行っちゃこっちの負けだって、いつか旦那に教わったことがあるけどねえ」

お簾が目を据えて言った。

「その通りだ、おかみさん、勝てる自信がなけりゃ、先方も見に来いとは言わねえからな。こっちが弱いと見りゃ、つけ込んカサ上げしてくる。だが行かねえと夜桜がまた来るから、すぐにも行った方がいい」

磯次が腕組みして言った。

「でも……ほんと、気味悪い奴だねえ」

お簾が眉をひそめて気味悪げに言った。

「篠屋の若い衆だの、坊やだの言ってるけど、名前を調べて来ないはずがない。初めから竜太の名を知って、謀（たばか）ったんじゃないのかねえ」

「どうあれ、たかが猪牙舟のこってすよ」

磯次が言う。

「てえしたことにゃならんから、まあ、今日にも竜太と行って来よう」

「あ、いや、親方がわざわざ行くこたァねえ。俺が行きますよ」

と勇作がまゆを怒らせて意気込んだ。

「しかし、ここは気ィつけた方がいい」

と千吉が口を挟んだ。

「何せ、いけっぷてえ連中だ。何か細工があるかもしんねえ」

「わしは嘘なんか言ってねえよ」

と、竜太はさすがに気落ちした顔で首を振った。

「いや、分が悪かった。こっちはまだ新米ほやほやだってのに、あちらさんはどうやら筋金入りだぞ」

「そんなに脅すもんじゃないよ、千吉。そうだねえ、千住南へは竜太と……そうねえ、番頭の甚さんに行ってもらおうか」

お簾が言った。

「ほい来た、おかみさん。よくぞ、わしを思い出してくれなすった。わしは、四十年近く船頭やってたで、誰より詳しいんでね。舟を見りゃ、大概のことはわかりまさ」

「よし、頼んだぜ。甚さんが付いていりゃ安心だが、竜太、喧嘩だけはするなよ」

腕を組んで、磯次が言った。

「えっと、おいらは、蛇沢屋を少し洗ってみますかね」

という千吉の言葉を合図に、皆は立ち上がった。

四

その午後、千吉は早速、次のようなことを洗いあげてきた。

「蛇沢屋」とは、荒くれた船頭ばかり数人抱える千住南の船宿だった。同じ船宿でも、料亭に近い篠屋と違って、こちらは待合に近く、女の絡まぬお客はあまり座敷に上がらない。

だが船頭は荒くれ揃いで、櫓を漕ぐ腕には定評があるらしい。

主人は蛇沢儀兵衛(ぎへえ)といい、賭場(とば)も営むヤクザの親分だという。

夜桜の銀次は腕のいい船頭で、博打(ばくち)も強かったから、この蛇沢屋に草鞋(わらじ)を脱いで、もう十年近く舟を操って来た客分だった。

元々は武蔵(むさし)国の出で、独り者らしい。

「ただし二の腕に入れ墨がある。〝輪っかが一つ〟だ。一度、島送りになった証拠だ。奴は思った通り、札付きのワルに違えねえ」

〝大川端防水組合〟とは、地元有志の助け合い機関という。

洪水やら増水など、川に関係する災害時に、無償で慈善活動を行う名目になっている。だが実際には幽霊組織みたいもので、その肩書が、何かの際に役に立つものらしい。

竜太と甚八は、夕方近くなって帰って来たが、厨房組には何も言わずに帳場に入ってしまった。

厨房では、綾とお孝が顔を見合わせた。

「綾さん、そろそろ行燈(あんどん)に火を入れる時間じゃないのかい」

とお孝が囁き、ああ、そうそう……と綾は首をすくめ、火打ち石の入った箱を抱えて帳場に向かう。

「……いや、本当に舳先にヒビが入(へ)ェってたんすよ」

そんな甚八の興奮した声が漏れてきた。

「舟を見りゃ何か分かると思ってたんだが、どうも銀次の言う通りなんでさ。こりゃどうも、こちらの見当違いかも……」

ただ、前から銀次の舟は、趣味的に彩色されていたらしい。

地は茶色で、舳先に薄桃色の桜の花が描かれており、その花の絵が、何かにぶつかって抉(えぐ)られ、削られていたというのだ。

失礼します、と断って綾は襖を開き、室内に入った。

「どうなの、竜。お前はその模様を見なかったのかい」

お簾が追及すると、竜太はうつむいて何も言わない。何か期するものでもあるのか、きつい表情で黙り込んでいる。

「……で、甚さん、先方はどうだと言うんだい。結局どうする気なの？」

「それがですねえ、おかみさん。これからすぐ修繕屋に運んで、向こうが出した見積額を、篠屋に請求するってんですよ」

答えているのは甚八ばかりで、竜太の声はしない。

「わしは、専門の船大工を呼んで来ると頑張ったんだが、向こうさんに言わせりゃ、一目瞭然だろうと……。へえ、事故の直後に舟を見た証人の名前まで、教えてくれたんでさあ」

それは稲田権兵衛といい、蔵前に住む幕臣らしい。

「ふーん、名前だけじゃないの」

とお簾は不機嫌な顔になった。

「で、どうなの、銀次の裏に蛇沢屋がいるのかい？」

「まあ、子分がそこにいたのを見ると、たぶん……」

「だろうね。磯さんが戻ったら、顔を出すように言っとくれ」

行燈に火を入れ終えた綾は、お簾のそんな言葉を耳にして、そっと帳場を出た。

翌(あく)る日——。

「おかあさん、呼んでくださって有難うございますゥ」

そんな華やかな芸妓(げいしゃ)の声が響き渡って、篠屋の夜は始まる。

芸妓は勝手口から入って来て、帳場の外の廊下に手をついて挨拶し、トントントン……と軽やかに階段を上って行く。

二階から艶(つや)っぽい音曲が流れ、やがて階段を下って来る足音が入り乱れ、嬌声混じりの声が玄関から船着場へと移っていく。

白粉(おしろい)の匂いのする、一陣の風が吹きすぎるようだった。

その夜も、綾は厨房で、遠い夜空の花火の音を聞くように、それを聞いていた。二人の芸妓が招ばれ、去って行って、篠屋は静かになった。

再び外が騒がしくなったのは、それからしばらくして、綾が今日の最後の後片付けをしている時である。

「それ、そこだ……」

「気ィつけろ」

などと男達の短い声が闇にひびき、その声はだんだん母屋に近づいて来るようだ。耳をすましていた綾は、裏口に駆け寄って、戸を開けた。

とたんに男達が、ドタドタドタとなだれ込んで来た。

誰かが両側から抱えられるようにして、運ばれて来たのだ。

血の臭いがプンと鼻を掠(かす)めた。

「綾さん、水だ、水を一杯……」

叫んだのは、男に肩を貸している勇作だった。

もう一方の肩を抱えているのは、がっちりした弥助だ。

綾はとっさに湯飲み茶碗に水を汲んで駆け寄り、差し出した。勇作は抱えていた男に、押しつけるようにして水を飲ませる。

薄暗い中で水を貪(むさぼ)るように飲む男の顔を見て、綾は思わずアッと叫んだ。竜太ではないか。

そういえば竜太は、昼過ぎから見かけなかったっけ。

その顔は血まみれで、目もろくに開けられない。相当に殴られたらしく、目の上と口許が切れて出血しているのだ。脛(すね)も棍棒のような物で叩かれたのか、片足が麻痺(まひ)して動かなかった。

その竜太を、台所の上がり框に仰向けに横たえるや、

「おかみさーん」

とやおら勇作が奥へ呼ばわった。

聞きつけて、すぐに帳場からお簾が飛び出して来た。

「あれまあ、また竜太かい！」

男を見て、お簾は叫んだ。

「この馬鹿が、一人で蛇沢屋に乗り込んで、半殺しの目に遭って来たんでさ」

「たった一人で？　舟で行ったの……？」

勇作の話では、山谷堀まで客を運んで戻って来たら、船着場に竜太が倒れていたという。

半ば意識を失いかけており、何を訊いても、水、水……と呻いた。やっと途切れ途切れに言ったのが、蛇沢屋に行ったということだった。

向こうで散々に殴られ、命からがら舟を漕いで逃げ帰って来た。船着場に辿り着いたとたん、力尽きて、気が遠くなったと……。

「この体で、よく帰って来れたもんだね」

お簾は眉を吊り上げ、首を振った。

「どうします、おかみさん。そこらに放っぽり出しときますかね」

「それはやめとくれよ、そこらで死なれちゃ、うちが困るじゃないか。ともかく医者を呼ばなくちゃ」

振り返って大声を上げた。

「甚さーん、ひとっ走りして、裏の先生を大至急呼んでおくれ！　弥助と勇さん、竜を湯殿に連れてお行き。このままじゃ、お医者も逃げ出すよ……ッたく、何考えてんだか」

二人はまた竜太を担いで、湯殿へ消えた。

「ほれ、綾さん、ボヤッと立ってないで、船頭部屋に着替えの古い浴衣(ゆかた)があるだろう。それを湯殿に持ってお行き」

怒鳴られて、茫然としていた綾はハッと我に返った。

「はい、ただ今。蒲団を敷くのは船頭部屋ですね」

「ああ、頼んだよ。もし痛がるようだったら、少し付いていておやり」

「分かりました」

「ッたく、こう手を焼かせるようじゃ、内田に言って、引き取って貰わなくちゃなんない」

ブツブツ言いながら戻りかけて、ふと立ち止まった。

「そうそう、磯さんが帰って来てこの事を知ったら、またどんな相談をするか分かったもんじゃない。血の気の多い連中だからね。あんた、ずっとそばで聞いてて、明日あたしに報告しておくれ」

「はあ……」

「その代わり明朝はゆっくりでいいから。……うちは客商売だから、騒ぎを起こされちゃとんだ災難なんだよ」

とお簾は途中から愚痴になり、首を振って帳場に戻って行った。

五

近くの町医者があたふたとやって来て、手当を終えて帰ったのは、もう九つ（零時）に近かった。やっと篠屋は静かになった。

お簾やお波はとうに引き上げ、帳場は甚八が守っている。

今は客がいないので、千吉、勇作、弥助が船頭部屋に集まっていた。すこし遅れて若い六平太（ろっぺいた）が帰り、

「ひでえ事をしやァがるぜ。夜桜の野郎、生かしちゃおけねえ」

などと怒りの声を上げた。

やがて戻って来た磯次も、包帯だらけの竜太を見て驚いた。

「どうしたんだよ」

「すまねえ、親方、こっそり偵察に行っただけでえ」

竜太が呻くような声で言った。

「何の偵察だ」

「もう一度、よく舟を見ようと思い……」

「しかしどういうつもりで、一人で乗り込んだんだ」

枕元に座り込み、腕を組んで磯次が問うた。

磯次は、竜太の独りよがりな行動に、向かっ腹を立てている。イキがって跳ね上がり、あとで痛い目に遭った例を、これまで嫌という程見て来ているのだ。

だが竜太は黙ったまま、腫れ上がった目を開いて天井を見ている。

「答えれや、竜太」

火鉢の火をいじっていた弥助が、怒ったように迫った。

「てめえ一人じゃねえんだぞ、篠屋の面子がかかってる」

と弥助は低声で続けた。日ごろ無口な男だが、口を開けば恐ろしいほど一徹で、あとに引かないところがある。

皆にヤン衆の弥助と呼ばれているのは、以前、蝦夷の海に遠征してニシン漁をしていたからだ。

海で鍛えた身体はがっちりしており、喧嘩もめっぽう強かった。

ニシン漁とは、群れを追って一斉に網を仕掛ける、結束が物をいう漁である。従わない一人がいれば、ニシンの群れを逃してしまうのだ。

「それにてめえ、どうも蛇沢屋を知ってんじゃねえのか」

なお弥助が迫った。

「いや、蛇沢屋なんか知らねえ……」

と竜太は言いかけて、言い澱み、思い切ったように白状した。

「知らねえけど、古い仲間が、蛇沢屋におるんじゃ。わしは若ェころ、千住を縄張りにして遊んどった。そのころの相棒だ、一緒に伝馬牢の世話になったこともある」

「若ェ時分て、てめえ、今幾つだい」

「二十歳と少しだ」

誰ともなく失笑の声が漏れた。

「そいつ、元助（もとすけ）ってんだが、ガキの頃からの仲間だった。そいつに、銀次のことを訊きに行ったんだよ。するてえと、あの舟をもう一度見ようって話になり、連れてってくれたんだが……ちきしょう裏切りやがった。わしが舳先をもう一度調べてるところへ、三、四人で殴り掛かって来やがった」

「初めから罠（わな）だったんだろ、小僧」

と勇作が言い、一枚の紙を広げた。

「親方、この書付（かきつけ）が、こいつの懐に入ェってたんでさ。さっき湯殿で裸にしたら、晒しの腹巻に挟み込まれてた。こいつ、ボコボコに殴られた上に、ご親切にも三十両支払う証文に、指印まで捺（お）して来やがったんですぜ」

一瞬、座はシンと静まった。

夜鳴き蕎麦（そば）屋の、チリンチリン……という鈴の音が、裏の通りをゆっくり通り過ぎて行く。

「綾さん、ちょっと読み上げてくれ」

と頼まれて、綾がそれを読み上げた。その書付には〝控え〟の字があり、次のような文が書かれていた。

「蛇沢屋銀次様　篠屋の所有する猪牙舟が、蛇沢屋の猪牙舟に損害を与えた代償として、三十両払うことを了承する。

　この三十両には、船体修理費、塗装費、人件費を含むものとする。

篠屋竜太」


　その名のあとに、指紋が捺してあった。

「三十両……」

　そんな声が誰かの口から漏れた。

　書付を受け取った磯次は、恐ろしい形相で一読し、すぐに折り畳んで懐にねじ込んだ。

「こんな紙切れ、おかみさんに見せたら面倒だ」

「しかし、親方、本物の証文が蛇沢屋にあるわけでしょう。そいつはどんな効力があるんで？」

　火鉢の上に手をかざしながら六平太が言った。

「そんなもん紙クズだ、まかり通るはずがねえ」

　と千吉が息巻いた。

「現場の検証もなしで、気絶しかけた男の指を、紙に押し付けただけの代物(しろもの)だ。そんな無法は通さねえ。親方、これは訴えるしかねえですよ」

「おいおい、効力がねえんなら、訴えることもなかろうが」

六平太が言って、答えを待つように磯次を見た。

「無法なんぞ、敵は先刻承知よ」

磯次が腕組みをして言った。

「押せるとこまで無法を押し通して、こっちが音を上げるのを待つ気だ。つまり〝ゴネ得〟を見越して、衝突の目撃証人まで立ててきた。証文を紙クズにするかどうかは、こっちの出方次第だろう」

「…………」

「で、竜太、結局どうなんだ、乗り込んで何が分かった」

「いや……。しかしあんなの、別物に違いねえんでさ。あの大雨で流され、どこかの橋桁にでも叩きつけられた猪牙に決まってらァ」

「小僧、ツベコベほざいてねえで、責任とれ。てめえがおかみさんに言うか、それともその三十両の金を、てめえが払うか」

勇作が脅し口調で迫った。

「頼むよ兄ィ、おかみさんには言わねえでくれ……」

竜太は泣き声を挙げた。

「親方、おかみさんに内緒ってわけにいきますか」

六平太が訊いた。

「無法を証明するには手間と時間がかかる。うちのような客商売じゃ、とてもやっておれん」

「わしがなんとかするって」

竜太が言った。

「元助は昔の仲間を裏切ったんだ。とっ捕まえて、目の前で高利貸しから金を貸し出させるさ。仲間うちじゃ〝地獄行き〟って言ってる」

また騒ぎを起こす気か、と皆は口々に罵り始めた。

「やるなら、ここを辞めてからやれ」

「どうやって元助をとっ捕まえるんだよ」

……ワイワイと座は騒然となったが、

「やめろ！」

磯次が声を上げ、座を制した。

「みんな聞くんだ。ともかく、おかみさんには黙ってろ。もう一両日でいい。いいな？」

　皆は黙ったが、顔を見合わせている。

「確かにおかみさんが知ったらどうなるか、考えただけで胸が冷えまサァ。それが延びるのは有り難えが、日が延びただけじゃ……」

　弥助が呟くように言った。

「なあ磯さん、本当にどうする気だね？　おかみに内証にするのは賛成だが……」

　最年長の甚八が不安げに言った。金などどこにもない。博打や岡場所ですってんてんに金を使ってしまう輩ばかりだ。

「これはおれの仕事だ」

　と磯次が言った。

「新米を大川に出したのは、このおれだ。しかし人死にが出たわけじゃなし、今後もおれの考えは変わんねえ。荒れた川で汗かかねえと、船頭は肝が据わらんのだ。竜太に落ち度はねえと思う。ただ、相手が悪かった。船頭仲間から聞いたがな、この夜桜銀次てえ野郎は、悪知恵の働く、ダニみてえやつらしい。そんなわけで、おれの流儀でやらしてもらう」

「おれの流儀……ったって磯さん、どうする気だ」

「ダニはお天道様の下で退治できるが、こいつは別だ。明るい所じゃ、退治できん。一度、叩かねえと何度でも来るのさ。皆には迷惑はかけねえ。まあ、おれに何かあったら骨を拾ってくれ」

「…………」

皆は顔を見合わせた。弥助が、風呂に入ると言って席を立ち、六平太は何とも言わずに部屋を出て行った。気がつくと千吉も居なくなり、磯次、勇作、綾だけが残っていた。

「甚さん、酒をたのむ」

磯次が、苦虫を嚙み潰したような顔で言った。

船頭部屋での飲酒は厳禁だった。

だが夜が更けて、吉原の大門が閉まる九つ手前には、舟客はばったりと減る。それから、猿若町まで芝居見物に行く客が来る未明まで、仮眠したり博打をしたりする。

この時にこっそり飲むのは大目に見られた。

甚八が気をきかせ、盆に二人分の酒肴と、酒を入れた大ぶりの湯飲み茶碗を載せて、運んで来た。

「しかし、こいつ、能天気な野郎だ」

甚八が言い、やい起きろ、戦が始まるぞ……と呟いた。疲れが回ったものか、竜太はすでに大鼾をかいていたのである。

「親方、戦をするなら、わしを使っておくんなさいよ」

勇作が袖をまくり、丸太ん棒のように太い腕を叩いて言った。

「わしは何の取り柄もねえ男だが、昔っから腕っ節だけは強いんだ」

六

翌朝、お簾に訊かれ、綾は三十両請求された話と、戦をする話だけは伏せて、その他をありのまま報告したのだ。

お簾は頷いて聞いた。

「ふーん、そうかい……」

「でも、どうなるんでしょう」

綾は、内心のやきもきを隠せずにいた。

竜太があのように能天気なのは、〝地獄行き〟を実行するつもりでいるからだろう。

だがそれは危険な方法で、成功するとは考えられない。

「竜太も、悪心からやったわけでなし、蛯沢屋の古い仲間に仕組まれたことみたいですねえ」

その竜太は、未明になってから高熱を出した。すでに部屋に帰って寝込んでいた綾は、また甚八から叩き起こされたのである。

診ると、風邪の症状が出ていた。痛めつけられた体で千住から舟を漕いで来た無理が祟り、全身が悲鳴を上げているようだった。

応急の手当をし、明け方まで付き添ってから、再び床に戻った。

珍しく寝坊して五つ（八時）を過ぎて起きた時には、竜太は緊急に診療所に運ばれたあとだったのだ。

その日の午後になって、弥助が、夜桜銀次に関するちょっとした噂を船頭仲間から聴き込んで来た。

銀次には家族はいないが、惚れて通う女はいるらしいと。

ただ誰もその女に会ったことがない。よほどの美人だから隠しているんじゃないか、と皆は噂しているという。

「親方、おれはこの女を追ってみます。居場所を突き止めておきゃ、なんかの役に立つかも知んねえ」

同じその午後、綾は紺絣の普段着から前垂れだけを外し、三月に入って下ろしたばかりの日和下駄を履いて、家を出た。

遠くが靄っているような暖かい日で、カラコロと新しい駒下駄の音が心地良く、土の匂いが春めいて感じられた。

お簾から頼まれて、火事見舞いを届ける家があったし、竜太の入院先に寄って様子を見て来るよう言いつかってもいる。

竜太は薬でよく眠っていた。医者の話では、二、三日ゆっくり静養すれば、回復するだろうとのことだ。

綾はその竜太がらみで、一人、秘かに訪ねたい相手がいた。

あの時、猪牙舟に乗っていた客である。

初めて乗せた客なので、竜太はどこの誰か、皆目見当がつかなかった。

だが昨夜、枕辺に付き添ったつれづれに問い質すと、客の顔や風体、さらに舟で交わした会話なども意外に憶えていたのだ。

柳橋から猪牙舟に乗る客は、大抵は吉原への入り口の山谷堀に向かう。だがその客は、その手前の花川戸までだった。

商人らしく質素で、三十前後、背は高く風貌は鋭い感じ。召し物は灰色の木綿太織(ふとおり)の小袖と羽織で、ややくたびれていたと。

とすれば、中程度の商店の番頭格で、商用で外出したと思われる。

揺れると、舟縁にしがみついていたそうだから、猪牙舟にはあまり慣れておらず、遊廓通いに縁のない〝石部金吉(いしべきんきち)〟かもしれない。

交した会話は、多くはなかった。この日は、三味線堀の武家屋敷まで来たが、さらに浅草に向かうので猪牙舟にしたと……。

そんな話をしている途中で竜太が、思い出したことがある。

その人物が、舟底に置き忘れて行った手拭いだ。波しぶきが上がるたび、それで神経質に拭いていたと。

もう洗濯してあるというので、磯次に頼み、持って来てもらった。

それは紺木綿の渋い手拭いで、紺地の横半分に「日本橋小舟町　安田(やすだ)商店」の白い字が、くっきり浮き出ていた。

或いは他所(よそ)からの貰い物かもしれないが、武家屋敷に向かうのに、他店の物を懐に入れて行くだろうか？　手拭いは、何かの時には広げる必需品だから、多分その男の所属する店の物だろうと考えた。

お天気もいいし、道端には名も知らぬ野の花が咲いている。ともあれこの手拭いを返しに行くのを口実に、「安田商店」を訪ねてみようと思いたったのである。


小舟町までは、両国橋から御城に向かう大通りをまっすぐ進み、小舟町交差点で、日本橋川方向へと下る。

小舟町界隈は、堀留川(ほりどめがわ)河畔にある問屋街で、鰹節河岸(かつおぶしがし)と呼ばれているほど鰹節商が多い。その通りをあちこちで訊きながら、辿り着いた。

その「安田商店」の前で、綾は溜息をついた。

そこは両替商だった。間口(まぐち)三間以上はある蔵造りの構えで、紺色の麻の暖簾(のれん)には、〝安田〟と白で大きく染め出されている。

その謹厳そうな暖簾を潜るのは、さすがに気が臆(おく)した。

用件は、舟に置き忘れた〝手拭い〟を返す事だし、考えてみれば、呼び出す相手の名前もはっきり分からないのである。

綾は初めて篠屋を訪ねた時のことを思い出し、横の路地に入り、勝手口で案内を請うた。すぐに出て来た十六、七の下女に、〝柳橋の船宿篠屋の女中綾〟と名乗り、こう言った。

「五日前の午後に、篠屋の猪牙舟をご利用下さった方を、呼んでくれません？　忘れ物を届けに来たけど、お名前が分からないの」

下女は不審そうな顔で引っ込んだ。

しばらく待たされてから、背の高い痩せぎすな男が出て来た。

（この人だ！）

その着物を見たとたん、綾は直感した。ややくたびれた灰色木綿の着物と羽織だが、顔はどこか鋭い感じがする。

綾はすぐ頭を下げて名乗り、折畳んで懐に入れて来た手拭いを出し、船頭から託されて来たと説明した。

「やあ、これはこれは、そうか、舟に忘れたのか」

相手は苦笑しながら、受け取った。

「どうもご親切に。その船頭に、よろしく伝えてください」

と懐から紙にくるんだ小銭を出し、渡そうとした。

それを綾は慌てて押し返して、言った。

「いえ、それはいいんです。実は、つかぬ事を伺いたくて参ったんですから」

相手は少し驚いた顔をしたが、ここではなんだからと、勝手口を上がってすぐの小部屋に導いた。出入りの商人相手の用部屋だろう。

差し向かいで座ると、綾はすぐあの事件について語り、

「……夜桜銀次というその船頭が、修繕代と手間代三十両を請求して来たんで、私もじっとしていられなくなりました。もしやおたく様は、船がぶつかり合った時、相手の舟をご覧になりませんでしたか」

と問うた。

「ふーむ」

と相手は腕組し、しばし沈黙して何か考えている。

その時、襖の外で男の声がした。

「旦那様、内村屋様がおみえになりました」

「うむ、分かった」

その答えに綾はギョッとした。

(えっ、この人が、ここの主人なの?)

「正直言って、私は見ておらんな。舟が揺れて少し気分が悪かったし……、見たくても、波があって見えなかったんじゃないかな」

「…………」

綾は落胆しつつ、畳を見て思い出していた。

実はここへ来る途中、何人かの通行人に〝安田商店〟の場所を訊ねたが、

「ああ、善次郎さんのね」

と決まってそんな答えが返ってきたのだ。

通行人の話では、初めは小網町（こあみちょう）の鰹節問屋に入り婿（むこ）したが、商売に不熱心で、鰹節を削ろうともしない。それで義父の怒りを買い、離縁になったという。それから間もなく、近くに乾物屋兼両替店を出した。

それが当たって、二年前に小舟町にこの大きな店を構えたため、界隈ですっかり有名になったらしいのだ。

「……しかし、大した衝突じゃなかったと思うねえ。言われるまで、忘れてたくらいだから。あんた、綾さん……と言いましたか」

問われて、ハッとした。

「はい。お忙しいところ、すいませんでした」

「いやいや、せっかく篠屋の舟に乗り合わせたのに、何のお役にも立てず……。時に、おかみさんは元気ですかね」

善次郎は、客を待たしているとも思えぬ悠揚（ゆうよう）迫らぬ口調で言った。

「えっ、ご存知で？」

「まあ、さる同好会で、ご主人の富五郎さんと懇意にしてるんでね、何かといろいろ……」

と善次郎は詳しくは語らずに、話を進めた。

「ただここだけの話、一つ忠告できるのは、その夜桜銀次って奴は有名な悪党だってことです。いや私は、金貸しではないが金融業なんでね、要注意人物の名簿というのがあって、そこに載っていたと記憶してます」

「まあ、そうですか」

「ちなみこんな噂を聞いてますよ。もう五、六年前の話ですが……」

と話してくれたのは、やはり川の事故だった。

突風で銀次が漕いでいた猪牙舟が転覆し、船頭と客は川に放り出されたという。銀次は顔に傷を負って命からがら岸に泳ぎ着いたが、客は流れに呑み込まれ死体で岸に流れ着いた。

これは天災で、自らも死んだかもしれぬ偶然の事故だったため、銀次は罪に問われなかった。

だがその客は〝命講（いのちこう）〟に入っていた。それは何人かの会員で金を出し合い、事故があった時、大枚の金が家族に支払われるというもの。

この金の受取人は五つ下の弟になっていて、弟がその金を手にしたが、博打で大半を使い、しばらくして川に浮いたという。

一連の事件に銀次の関与を疑う者もいたが、不正の証拠は摑めず、結局は曖昧に終わったというのだ。

「まあ、何かのお役に立てればいいですが……」

そう言って、善次郎は席を立ったのである。

七

帰る途中、八丁堀から戻って来た千吉とバッタリ出くわした。

相変わらず石を右手に持ち、握ったり開いたりしながら歩いて来る。たえず石を手に馴染ませていないと、いざという時に、的確に礫（つぶて）を投げられないというのだ。

「綾さん、おいら、蔵前の〝稲田権兵衛〟について調べたぜ」

と千吉が得意げに言った。

初めは、磯次のやり方を危ぶんでいた皆が、一人二人とその軍門に降(くだ)っていたのである。

綾も笑って、自分も磯次のために、少し調べごとをして来たと明かした。

「竜太の猪牙舟の乗客が分かって、ちょっと会って来たわけ」

肩を並べて歩きながら、その両替商から聞いた銀次の過去について、話した。

「ふーん。銀次がそこまでの悪党なら、こっちは総力戦でやるっきゃねえな。弥助兄いは、銀次の女の家を突き止めたようだしね……」

と千吉は言い、人通りの多い大通りから、静かな小路に入ろうと手ぶりで示した。

「しかし、例の稲田権兵衛てえお武家だがな、おいら、てっきり、そんなお武家はいねえと思ってたけど、実際に存在していたぜ」

それも、勘定奉行配下の〝樽屋町(たるやちょう)札差役所〟のお役人だったという。

だが相手が旗本では、下ッ引風情は手が出せない。そこで亥之吉親分に頼んでおいたところ、勘定方の上役が何かのついでに聞いてくれたという。

「稲田権兵衛は、きっちりと言ったそうだよ。確かに、舟の舳先にヒビが入っていたとね。銀次の奴、抜かりがねえな……」

歩きながら小路を抜け、いつしか川縁に出ていた。

柔らかい鈍色（にびいろ）の水面に、猪牙舟が行き交っている。綾はつい篠屋の舟を、目で探してしまう。

千吉は黙って目を川に向け、行き過ぎていく舟に口笛を吹いた。

この日は、深夜になっても磯次は帰らず、今日の報告は明日にするしかなかった。

玄関先で、チリチリチリ……と鈴を小さく鳴らす音がする。

その翌日の昼前のことだった。

部屋の掃除をしていた綾に、托鉢（たくはつ）だろうからと甚八がお布施（ふせ）を渡してくれた。それを持って出てみると、玄関の外に黒衣の修行僧が二人、鈴を鳴らしながら立っている。

ご苦労様です、と布施を托鉢袋に入れると、

「おかみさんに取り次いで貰いたい」

一人が低く言ったので、胸が冷えた。

「えっ？　どんなご用件で……」

「渡す物がある。留守なら、このまま待たしてもらう」

あとも見ずに駆け込んだ。

この時、綾はお簾ではなく、とっさに厨房で朝飯を食べていた磯次の元に駆けつけ

たのである。磯次は頷き、白湯（さゆ）をゆっくり啜ると、そばにあった袋から多少の金を取り出して懐にねじ込んだ。

立ち上がって出て行ったが、玄関前でどんなやりとりがあったかは分からない。だが、二人の修行僧は無言のまま、チリチリチリ……とまた鈴を鳴らしながら去って行ったのだ。

「どうしたの、何があったの」

と、その時お簾が出て来て、意気込んで問うた。

「例の金の請求に来たんです」

磯次はどう考え直したものか、修行僧から渡された紙を出して言った。

それは先日竜太が持ち帰ったのと同じ請求書で、その端に、この修行僧に金を渡してくれ、という文言（もんごん）が書き加えられている。

磯次を従えて帳場に入ってすぐ、お簾の怒鳴る甲高い声がした。

「綾さーん、お茶……」

すぐに綾がお茶を持って行くと、二人の切迫したやりとりが、襖の奥から漏れてくる。

「誰に払えってよ……いきなり三十両なんて……」

「だからそれについちゃ、おれに任せてほしいと……」

失礼します……と綾は、襖を開けて中に入った。

「なに、おかみさん、そう大したことにゃなりませんよ」

と磯次が言っていた。

「でも、どうするつもり……」

「もうすぐ富五郎旦那が帰って来なさるんで、お知恵を拝借します」

「ええっ、旦那様が？」

お簾は目をむいて驚いた。

「あんたが呼んだんだね」

「勝手なことをして申し訳ねえんだが……」

とボソボソ磯次が弁解した。

なるほどそういうことか、と綾は初めて納得していた。

富五郎は、芝居や落語や連歌の同好会を通じて、千住に根を張る親分衆と懇意にしていたのである。その連中に顔のきく岡っ引も、手懐けていると聞く。

「旦那様がどこにいなさるか、あんた、知ってたの？」

「いや……。ただ時々、今戸の河岸なんかで、おれの舟を待っていなさるんですよ。

事件を知ってすぐ、たまたまそんなことがあったんで、舟を漕ぎながら、相談を持ちかけたってわけです……」

「ふーん」

とお簾はお茶を啜りながら、疑わしげに磯次を見ている。

自分の与り知らぬ所で、何か企み事が進んでいる……というような疑念に、お簾は悩まされているらしい。

実際、竜太の病欠を理由に、磯次は昨日から、屈強な臨時の船頭を二人も雇い入れていたのだ。

「ま、いいけどさ。ところで朝から勇作を見かけないねえ」

そういえばそうだった。勇作はどこへ行ったものか姿を見せていない。そこらを見てこようと立ち上がりかけた時、磯次が思い出したように言った。

「ああ、そうそう、勇作は少々遅くなりますよ」

「え。また何かする気じゃないんだろうね……」

お簾は不安げな顔で言った。

「磯さん、あまり手荒な真似はさせないでおくれよ。あれも無鉄砲で、後先考えない子だからね」

「まあ、心配いりませんて」

と言葉を濁して、笑っている。

八

幾ら〝ぐうたら亭主〟と陰口を聞かれても、やはり主人が帰宅すると、家の空気はピリリと締まるものらしい。

富五郎は、まるで朝出て行ったようにさりげなく、無表情で、やや猫背加減に勝手口から入って来た。

お簾も心得たもので、お帰りなさいまし、と何気なく迎える。

綾はしばし頃合いを見計らって、久しぶりの夫婦茶碗を、盆に載せて運んで行く。

そこにはすでに磯次が呼ばれていて、何やらヒソヒソ話し込んでいた。

「……あの親分は、子分の強請りを、勝手にやらせてるらしいねえ」

という富五郎の声が耳に入る。

「船頭組合には、お前が訴えたんだったな。そちらから苦情が入って、初めて知ったらしいんだ。本当かどうかは分からねえがね」

「で、どうなんですか。止めるなり何なり……」

「手は打ったが、そこは向こうものらりくらりでな。舟はもう修繕屋に出したというし、どうもよく分からん」

どうやら富五郎が乗り出したのである。

帳場で聞いた限りでは、蛇沢儀兵衛親分が、積極的に狼藉を命じているわけでもなさそうだ。それを確かめただけでも、朗報だろう。

お簾が、お客の応対で出たり入ったりしているかたわら、二人は何ごとかさらに長いこと話し込んでいた。

やがて予約の客がやって来て、磯次は川に下りて行った。

一方で富五郎は、これから診療所に寄って、久し振りに医者に診て貰うという。その足で両国の寄席に回るから、と言い残して相変わらず忙しげに出て行った。

勇作が帰って来たのは、六つ半（七時）近くである。

「綾さん、ちょっと……」

と勝手口から小声で呼ばれ、前垂れで手を拭きながら出て見ると、そこには勇作の大柄な姿があった。驚いたことに背後には六平太もいて、どうやら二人で何か仕出かして来たらしい。

着物もひどく汚れていて、興奮したような顔付きである。

「親方、帰ってる？」

「いえ。もうすぐと思うけど、どうしたの」

「家で着替えてくるから、親方が戻ったら言っといて。でっけえ握り飯を頼むと」

それから間もなく、磯次が勝手口から入って来た。綾はそばに歩み寄って、勇作に言われたままを告げた。

「なんだって、勇作が、握り飯を頼むと？」

一瞬突っ立ったまま綾の顔を見て、弾けたように笑った。

「そうか、ありがとうよ。そうか握り飯か」

どうやら〝握り飯〟は何かの符牒（ふちょう）らしく、磯次は頷きながら台所にずかずか入って行って、お孝を摑まえた。

「お孝さん、こんな時間にすまねえが、飯の残りはあるかい？」

「え、残りの？　何人分だね？」

「なに、でけえ握り飯三つ分ありゃあいいんだが」

「そうねえ、あと半刻待って貰える？　炊きたてを握ってあげるから」

「有り難え。準備にそのくれえかかるから、頼んだよ」

磯次はそのまま、帳場に向かった。


「……成算はあるのかい」

「負け戦はやらんです。証拠は摑んでるし、証文さえ奪い返しゃ……」

そんな会話を、襖の陰に立って綾は聴いた。

「……あんたと、あと二人？」

「へえ、一晩だけ貸してもらいてえんで……。臨時の船頭に、あと一人頼んであるし
……」

「なら、おやり」

すべて聞こえたわけではないが、二人の間のやり取りは大体そのようなもので、ひどく短かいものだった。

どうやら磯次らの間で前から取り決めてあったらしいが、お簾はすでに勘づいていたようだ。

やがて帳場から出て来た磯次は、台所にいた綾に言った。

「おれはいったん家に戻るがな。弥助と千吉が帰って来たら、五つには、船着場にい

ると伝えて欲しい。ああ、お孝さん、握り飯は千吉に持たしてくれますか」

かくて五つ（八時）過ぎ、男達は密かに船着場に集まった。

空に、細い月が懸かっていた。

桟橋には、猪牙舟より少し大きい荷足船が繋がれていて、身体の大きい磯次、弥助、痩せぎすで身軽な千吉の三人が次々と乗り込んだ。

三人とも、日ごろのねじり鉢巻から、紺手拭いを頭に巻きつけるケンカ巻きにし、古びた半纏、黒の脚絆（きゃはん）という軽い出で立ちだ。

音もなく、黙々と舟は滑り出して行く。櫓を握るのは弥助である。

綾はこの光景を、密かに暗い河岸に出て見送っていた。

夜気はなま暖かかった。川面を小さく揺れながら下って行く橙色の提灯（ちょうちん）の灯りは、どこか闇に潤んでいる。

船は大川に出るとすぐに上流へと向かい、灯りは見えなくなった。

勇作の運んできた情報とは何だったのか。

綾はそれをあとになって聞かされたのだが、それによると――。

この日、勇作は六平太とともに、千住南に張り込んでいたのだという。竜太を裏切った元助を尾行し続け、午後遅く単身で帰るところを襲って、葦（あし）の茂る無人の河原に引きずり込んだ。

元助が銀次の秘密を吐くまで、二人は代わる代わる殴った。

何発めかでついに白状し、次のことが浮かび上がった。

篠屋に新米の船頭がいると銀次に伝えたのは、この元助だったと。

また元助は、あの事故の前から、銀次が普通の猪牙舟を使っていたのを見たと言う。

愛用の猪牙は、事故の前から傷ついていたのだ。

さらに弥助の事前の調べでは、銀次が通う女の家は、大川に注ぐ綾瀬川（あやせがわ）を少し遡（さかのぼ）った辺りの入江橋（いりえばし）の奥と知れた。

銀次は仕事明けの日にはいつも、そこに通っているらしい。

増水が収まったあとも、舟を漕いで行ったというから、或いはその行きか帰りに、鉄砲水にでも遭って転覆し舳先を傷めたのではないか。

磯次はそう推測する。舳先は正常だった、と主張する竜太の目を信じたのだ。

今、三人を乗せた船は、その川へ向かって行く。

九

入江橋に着いた時、鎌のような細い月は高く昇りつつあった。

小さな橋の袂は入江になっていて、そこに船着場があった。おそらく銀次が舟を繋留するのはここだろう。

この夜も銀次は来るはずだが、いつも仕事を終えてからだから、もう少し遅くなるだろう。月明かりで見る限り舟は見当たらない。

弥助は船着場を避け、一面に葦が生い茂る奥に船を進めた。

流れに抉られた入江には、草と水の匂いが、ムッとするほど立ち込めている。うまく船を隠した弥助は、船灯を手に下げて陸(おか)に上がり、先頭に立った。

土手に出ると、野草の生い茂る野を、月が白っぽく照らしている。さらに進んで振り返ると、どこかの集落の灯りが、遠くにポツリポツリとまたたいている。

そこからは真っ暗な森の中に入り、木立を埋める闇の中を進む。

「えらく淋しい所だなあ」

千吉が心細げに呟いた。

「なに、此処(ここ)を抜けるとすぐだよ」

と弥助は励ましてどんどん進む。暗い森を抜けると、なるほど小高い丘の中腹に灯りが見えた。

「……あれか？」

「そうみたいですね。いや、おれが来たのはここまでで、この先は踏み込んだことがねえんです」

「兄(あに)さん、分かるよそれ。あれは寺じゃねえすか？　どうも……一人じゃ入りにくい所だぜ」

「灯りを消せ、弥助。しかしまた遠くまで来たもんだな……」

言いかけて磯次は次の言葉を飲み込んだ。

愛する者を近くに置いておけば、自分らがそうであるように、人質に取ろうとして襲って来る敵がいる。銀次のような酷薄な悪党でも、遠くへ隠して守りたい存在があるのか、という妙な共感が胸を浸したのだった。

森を出ると、さすがに三人は腰を落とし足音を忍ばせる。

その家に近づいて行くにつれ、それがたしかに荒れ寺らしいのが分かってきた。

崩れた土塀に囲われた境内ともつかぬ庭に踏み込むと、土の匂いがした。今は畑として耕され、野菜や花が植えられていたのだ。

月は雲に隠れ、闇に沈んだ古い寺を、虫やカエルの声が包んでいた。

道の先に、軒提灯の灯りが見えている。三人は雑草だらけの道を踏みしだいて忍び寄り、庫裡と思われる母屋の前に立った。

仄かな灯りを放つ煤けた提灯に、〝尼寺〟という字が読めた。

磯次は入るという合図をしてから、そっと板戸を引いた。

建て付けは良くないが、鍵はかかっていない。そこは土間になっていて、広めの上がり框の向こうに部屋があり、半開きの障子から、灯りが漏れていた。

三人が土間に立った時、障子の奥から女の声がした。

「……銀次おじさん？」

銀次おじさん？　しかもそれは細い美しい少女の声だった。三人は顔を見合わせた。

「……どなた？」

「あ、遅くにすまねえ」

磯次に背を突かれて、若い千吉が思わず咳払いして言った。

「おいら、柳橋の船宿の千吉って者だが、銀次兄いのことで来たんすよ」

「…………」

　磯次と弥助は、足音を忍ばせて上がり框に上がり、障子にピタリと貼りついて中を窺っている。

「先の増水で、兄いの舟が転覆事故を起こしちまってね。そのことで訊きたいことがあるんで、付き合っておくんなさい」

「…………」

　返事はない。だが銀次が来るまでに、この女を押さえなければならない。女と引き換えに証文を取り戻す算段なのだ。

　磯次が、ガラリと障子を開けた。

　行燈の灯る薄暗い部屋の正面に仏壇があり、その仏壇に向かって、少女が座っている。少女はゆっくり振り向いた。

「…………」

　三人は息を呑んだ。その娘は十歳くらいに見える、小さな美しい少女である。だが盲目だった。

　どこか間違っていたか……と、三人は思い、金縛りに遭ったように突っ立っていた。

　その時だった。開け放している玄関に向かって、バタバタと走って来る足音が聞こえたのである。

三人は振り返り、真っ暗な玄関を見た。

長方形に切り取られた闇にヌッと立ったのは、三人には初顔合わせの男、だがさんざん聞かされて、すっかり顔を〝覚え〟てしまっている銀次だった。

「だ、誰でえ、てめえら！　蛇沢屋の回し者か？」

相当の道のりを走って来たらしく、肩で激しく息をしながらも、銀次はドスの効いた声で怒鳴った。片手はすでに懐のものを握っている。

「その娘に手ェ出すな、退け、退け、何かしやがったら、生きちゃ返さねえぞ！」

「騒ぐな、若えの。わしらは篠屋の船頭だが……」

と磯次が、破れ鐘のような声を響かせた。

篠屋と聞いた瞬間、銀次の顔つきと態度がガラリと変わった。この場で何が起ころうとしているか、一目で了解したのだろう。

「てめえは名乗らねえが、一体どこのどいつだ。もしも夜桜の銀次であれば、わしらが何をしようと、ツベコベ言われる筋合いはねえぞ！」

息詰まる沈黙が降ってきた。

「……おじさん、転覆事故起こしたって本当ですか」

奥から細く高い、あの娘の声がした。

「この方たちは、それで見えたんですね？」

「ああ、その通りだ、そいつは本当だ」

銀次は掠れた声で言った。

「ともかくお鈴、すぐに支度するんだ。妙心さんに頼んで、身の回りをまとめてもらえ。妙心さん、妙心さん……！」

叫ぶと、奥から妙心尼らしい僧形の老女が、走り出て来た。

銀次は草鞋も脱がずに駆け上がって、ほっそりしたお鈴を抱えるようにして妙心に託し、非常用に用意してあったらしい包みを差し出した。

「妙心さん、急いで支度をたのみます。悪い連中が、近くまで来てるんで、すぐに逃げて貰いてえ」

何が何やら分からぬ顔で、妙心尼はそれを受け取り、お鈴を奥へ連れ去った。

それを見送った途端に、銀次はがっくりと座敷に座り込んだ。

「篠屋の親方。今言った通り、蛯沢屋の連中が、ここを嗅ぎつけた。半刻もしねえうちに乗り込んで来やがる」

「どういうこった。何で蛯沢屋がてめえを追って来るね」

弥助が詰め寄った。

「ん……蛇沢屋の金を使い込んだ」

「え？」

「バレる前に、ここを出るつもりだったんだが、川が暴れてね。舟が壊れたんで、もう一稼ぎしようと欲をかいたのが裏目に出た。まさか富五郎の旦那が乗り出して来るとは……」

篠屋主人の苦情申し立てで、蛇沢屋の儀兵衛親分も、足元を調べ直したらしい。

「すまねえ。証文は返すから、ここは見逃してくれ」

と銀次は、いきなり畳に額を擦り付けて土下座したのである。

「あッしは、ここで死んじゃいられねえんだよ。これから横濱（よこはま）まで行かにゃならん」

言って立ち上がると、仏壇から一枚の紙を取り出して、磯次に差し出した。磯次はそれを行燈の灯りで確かめ、ビリビリと破った。

「よし、確かに受け取った。てめえにゃえらく手こずったが、これで貸し借り無しにしねえでもねえ。その代わり正直に答えろ。横濱まで何しに行く？」

「ヘボンさんでさあ、篠屋の親方」

急に弾んだ声が返って来た。

「ヘボ……？」

「横濱の居留地にいる有名なお医者ですよ。その先生に、お鈴の目を治して貰う日が迫ってる……。お鈴が十二になったら、目を開けてやると約束したしたんでさ。その手術のお代欲しさに、あっしは少々やりすぎたんだ」

思いがけない告白に、皆は沈黙した。

「うるせえや！」

と叫んだのは弥助だった。

「ヘボンだかなんだか知らねえが、またそんな嘘八百で言い遁れようったって、そうはいかねえぞ」

この銀次がそんな殊勝な心がけであるわけがない。そう思ったのは、弥助だけではなかった。

その時だった。

深い静けさの中、遠くで人声が聞こえ、近くの木立でカラスがバサバサ飛び立つ音がした。慌てて銀次が立ち上がると、弥助が遮った。

「蛇沢屋がどう出ようと、わしらにゃ関係ねえ。腕の一本もへし折って……」

「待て、弥助」

と磯次が止めた。

「おれはそのヘボンとかいう名前、聞いたことがある。滅多にお目にかかれねえ偉い医者らしい。銀次が渡りをつけたんなら、試しに行かしてやろうじゃねえか。おーい、お鈴はまだか、急げ……」

と奥に向かって、声をかけた。

「もう一つだけ答えてくれ」

と千吉が追いすがるように言った。

「兄ィと、あのお鈴さんは、一体どういう関係なんでえ？」

銀次は振り返らず、背中を見せたまま言った。

「……お鈴には言わねえでくれるか」

「約束する」

「あっしは、あの娘の父親を殺したんだ」

「…………」

「その時お鈴はまだ四つだった」

母親はお鈴が生まれてしばらくして病死し、そのころに失明したらしい。父親はこの幼く不自由な娘を案じ、何かあった時のために命講に入り、信頼する弟を受取人にしたという。

「それを知って、あっしは……」

十

「やい、夜桜の銀次よ、出て来やがれ！　寺は囲んだぞ！」

とその時、表で野太い声がした。

「……篠屋の親方、頼む、お鈴を連れて逃げておくんなさい」

銀次が懇願した。

お鈴と妙心は、すでに身仕度してそばにいる。

「裏口から出て、森をしばらく進むと、この妙心さんの実家がある。そこに朝まで匿って貰い、明るくなってから帰ってくだせえ」

「分かった。ほれお鈴坊……」

磯次がしゃがんで背負おうとすると、お鈴は十二歳とは思えぬ少女っぽさで首を振り、銀次の手を取った。

「おじさんは？　おじさんも来るんでしょう？」

「当たりめえだよ。すぐに追いつく。親方、ここで奴らを引きつけるから、どんどん行ってくだせえ」

手を合わす銀次をそこに残し、一行は裏口に回る。

警備は手薄らしく、静かだった。だが心張り棒を手にした弥助が、真っ先に外に飛び出すと、男がいきなり体当たりで突きかかって来た。

弥助はとっさにその肩を、したたかに打った。

「野郎、ひっ捕えろ！　一人も逃すな！」

声がして、闇の中に提灯が多数動き、迫って来る。

弥助が棒を振り回して応戦する隙を、磯次がお鈴を背負って走り抜けた。妙心の手を取っている千吉は、足音が迫れば振り返り、懐から石を出して狙い打った。

表玄関の方で、ワッと荒くれどもの獣じみた蛮声が夜空に響く。斬り合いが始まったらしい。

何人かがそちらに回ったようで、足音が減った。だがなお一行をしつこく追って来る者が五、六人いる。磯次はお鈴を片手で押さえ、片手で棒を振り回して、追いすがる男を路傍に叩き付ける。

やがて足音は聞こえなくなり、蛮声も遠のいていく。森に飛び込む前に、磯次は足を止めて背後を振り返った。

いつの間にか妙心尼を背負った弥助が、やや遅れて走って来る。さらに遅れて、振り返っては石を投げつつ千吉が追って来た。

だがそのあとに続くはずの銀次の姿はない。

呆然と一点を見つめる磯次の目を追って、弥助が振り返った。

「おっ……」

その声に、皆が振り返った。夜空が焦げている。寺のある辺りから炎が上がっており、気がつけば周囲にも、きな臭い匂いが漂っていた。

火に囲まれた銀次が目先にチラつき、磯次は進むことが出来なかった。弥助と千吉も夜空を仰いで佇み、磯次の決断を待っている。

遠い火の照り返しで、周囲が仄かに明るんで見えた。

この時になって、路傍に白じろと山桜が咲いていることに、磯次は初めて気がついた。ここまでの沿道のあちこちでも、闇から顔を覗かすように咲いていただろうと、今更に思った。

そうだ、もうそんな季節なんだと。

そして脈絡もなく、〝すぐ追いつくから、どんどん逃げてくれ〟という最後の言葉が浮かんで、それが銀次の花道だと知った。

「よし、行くぞ」

磯次が言い、一行は暗い森に入った。

雲が切れると、月はすでに中天に昇っていた。

お鈴と妙心尼を森の奥の農家に残し、三人が帰宅したのは翌日の夕方である。

あとで伝えられた話では、銀次は炎に巻かれて焼死したという。

銀次はあれから間もなく斬られたが、ヤクザ者らが家捜しして多少の金を見つけたところへ、瀕死の銀次が提灯を投げ入れ、自分も飛び込んだのだと。

それからしばらくして、あの稲田権兵衛が奉行所のお調べを受け、伝馬牢入りしたという情報が流れた。札差への貸付を巡って、不正があったらしいのだ。

お調べの途中、あの銀次の猪牙舟に乗っていたのは、稲田とは別人だったことが判明した。稲田は、不正を銀次に嗅ぎつけられていたため、証言を頼まれて断れなかったという。

結局、竜太は正しかったのである。その傷も癒えて、近くの長屋の六畳一間に入れることになった。

桜が終わっても、相変わらず忙しい綾には、少し迷っていることがある。妙心尼から磯次に便りがあり、お鈴を横濱に連れて行きたいという。

妙心尼は以前から、お鈴のための金を銀次から預かっており、それが相当額溜まっていた。さらに最後に託されたのが見事な短刀だったから、それを売れば、旅費を作れそうだとも。

だが自分は老齢で、武蔵国から出たことがなく、どうやって横濱へ行くのか分からない。ましてや、どうすればヘボンなる高名な異人医師に会いに行けるのか、見当もつかなかった。

ついては誰か、お鈴を連れて行ってくれそうな人はいないか、という文面だったのだ。

「綾さん、どうかね」

磯次に言われて、綾は驚愕した。

ヘボン医師といえば、今や医学関係者では知らぬ人のいないアメリカ人だが、居留地にいることでもあり、一般の人間がおいそれと診療に行ける所ではないのだ。

もしも銀次が手術の約束をしていたのなら、おそらく幕府の高級役人か、豪商の口ききがあったに違いない。

あの人物にそんなことが出来たかどうか、それは綾にも疑問だった。

それはそれとして、胸がときめいた。

少女のころから、ヘボンさんという名前はよく耳にしていたのだ。何らかの方法でその診療所に行けたなら、知った顔に会えるかも……という期待に胸がはずむ。

だが……。お簾には、なかなか言い出せないでいる。

そろそろ新緑が目に沁み、川の上流に螢(ほたる)が飛ぶ季節だった。

［主な参考文献］

本書は左記の文献を参考にさせて頂きました。篤くお礼申し上げます。

「鯨海酔侯・山内容堂」
吉村淑甫（新潮社）
「幕末明治・女百話」
篠田鑛造（角川書店）
「三代目澤村田之助」
ペヨトル工房編（ペヨトル工房）

二見時代小説文庫

ちぎれ雲　柳橋ものがたり2

著者　森真沙子

発行所　株式会社 二見書房
東京都千代田区神田三崎町二-一八-一一
電話　〇三-三五一五-二三一一［営業］
　　　〇三-三五一五-二三一三［編集］
振替　〇〇一七〇-四-二六三九

印刷　株式会社 堀内印刷所
製本　株式会社 村上製本所

落丁・乱丁本はお取り替えいたします。
定価は、カバーに表示してあります。

ISBN978－4－576－19012－9
https://www.futami.co.jp/

森 真沙子

日本橋物語 シリーズ

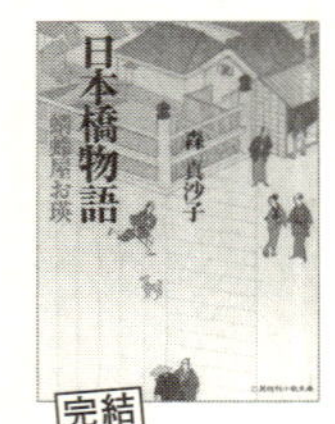

完結

土一升金一升と言われる日本橋で、染色工芸店を営むお瑛。美しい江戸の四季を背景に、人の情と絆を細やかな筆致で描く

①日本橋物語 蜻蛉屋お瑛
②迷い蛍
③まどい花
④秘め事
⑤旅立ちの鐘
⑥子別れ
⑦やらずの雨
⑧お日柄もよく
⑨桜（はな）追い人
⑩冬螢

時雨橋あじさい亭 完結

①千葉道場の鬼鉄
②花と乱
③朝敵まかり通る

箱館奉行所始末 完結

①箱館奉行所始末 異人館の犯罪
②小出大和守（こいでやまとのかみ）の秘命
③密命狩り
④幕命奉らず
⑤海峡炎ゆ